杨见诗歌选

三只雁飞过

杨见/著

作家出版社

目 录

第二辑

生命的本意

第三辑
我要用丝绸改变一切

第四辑

同在某日的阳光下

第五辑

尊贵的银耳环

第六辑

后现代森林

序

每个人都有自己鲜活的形象，他的思想和解决问题的方法，他说话的方式和语速，都必然局限在他真实的生活氛围内。我也一样，数十年的山区和乡村生活氛围，成就了我诗歌世界的基本架构。

在每个人的骨子里，对自己的生活和生长环境的爱都是无条件的，或者说都是感恩的，就像人类爱自己的母亲一样。

上个世纪80年代，我就把自己算作了一个中国诗人，用诗歌表现中国农村这个广阔的天地间，我的敏感与亲和；我的焦虑和妄想；我心中觉察到根深蒂固的中庸和来势汹涌的现代文明；我深深介入的传统的温和与现实的武断。眨眼间数十年就已过去。

在诗生活中，我写下的诗歌，和我情同手足地相依为命，一直都希望有更多的机会向你们零距离地靠近，让你们亲手打开我的秘密。这些从我生命最深处造化出来的隐私，以诗歌的名义向你们彻底开放。

事实表明，诗歌既是人类的闺密，又是群众艺术的精灵。为此，诗歌的意义在于它可以用群众艺术的方式，将人类隐藏最深的私密向人类公开。

所以，作为诗人，保持纯净的诗生活，对于人类和诗歌来讲，都是刻不容缓和急需身体力行的事。

杨 见

2014年5月21日于黔江

第一辑

天空跟父母一样

天空富饶的洁白与剔透
一直是我们心中的璞玉
朝露与夕阳若巨大的蚕丝被
轻盈地覆盖了稻田和玉米地
我们年复一年期待着丰收
年复一年地惜别鸟语花香

乌木雕刻工

你陪着乌木吃吃喝喝不离左右
你手上的刻刀能刻出诡异的事物
你也是一条缠绕着乌木的蛇
你让乌木为你窒息为你心碎
你强迫乌木为你开花
为你结果　为你萌发枯枝败叶
你让乌木为你飘然若仙
为你装神弄鬼
你还让乌木为你织网捕鱼
你和乌木是拜把兄弟
不求同年同月同日生
但求同年同月同日死
你和乌木唇齿相依
没有爬不上的坡
也没有过不去的坎

天空跟父母一样

期待丰收的子孙
跟小鸟一样
奋飞在如玉润泽的天空
每当累了
都歇脚在寂寞的山顶
天空富饶的洁白与剔透
一直是我们心中的璞玉
朝露与夕阳若巨大的蚕丝被
轻盈地覆盖了稻田和玉米地
我们年复一年期待着丰收
年复一年地惜别鸟语花香
粮食在天空的大袍里神秘分娩
秋天金黄着走进每一个家园
雪白覆盖我们的土地时
我们仍沐浴着秋天的幸福和缠绵
我们更换的羽毛绕着弯子
凌空飞舞
温润如玉的天空啊
跟我们的父母一样
无限地赐予了我们
恬静的喜悦和永不消逝的
安闲与芬芳

愿炊烟缭绕我的黄昏

当我看见你胸间孕育的温泉
我总要浮想联翩
我的脊柱里
炽热的大火你看不见
我想冲破干裂的门
给你感悟我的体温
我脊柱里的大火
已将我百炼成精
我知道你有广袤的原始森林
我要在你的全身上下
刀耕火种
种下金色的小米
用我脊柱里的火焰
发家致富辛勤耕耘
要在你的神龛上点燃香火
要烧锅煮饭为你烹饪
要让你像炊烟一样
缭绕在我的黄昏

与人对坐

有人总坐在我对面
这些年来一直这样
我坐下的时候
在我的对面
他也坐下
我不停地看着他
像看一台节目
他的表演好戏连台
他的旋律音韵铿锵
他的气质潇洒大方
不管我到哪里
都会对着一人坐下
不管他是谁
一旦坐在我的前面
我就要对他仔细观察
即使我孤独一人坐着
我仍然不会认为对坐的他
已然离开
因为我从不想一个人
独坐江湖变成游侠

想偷一棵棕树

看见你
我就有想偷一次的念头
我开车从你身旁路过很多次了
可是每次都不知道怎么对你下手
我总是觉得你的过去和现状都不乐观
近三米了
竟没有被刀割一次
你背负着太多过去的沉重
其实我想偷你
是因为迷恋你弯着身子向上的姿态
我更想帮你割舍过去的烟云
我有肥沃的土地
安详的空间
只凭这个
我可不可以偷你一次

某地新建的旧项目

你们从蹈覆辙
如尘埃
在世上游动
你们的内部全是
无可降解的白色垃圾
你们一边漂流浪荡
一边在时间的容器中飙升
你们在暗箱里空前相遇
污染了漫天的空气
你们是绝密的阴谋
你们排练云块为大地跳舞
你们的头发
是遭子孙后代痛恨的污垢
你们全身长满怪手
你们在镜子里看着自己嬉皮笑脸
对环境的捣乱仍不停留
你们仍在继续行动
你们是一股不散的浓烟
从GDP的烟囱里冒出

人类的果园

果树生长在长空
大脑如撩心的太阳
照耀着花开的方向
孩子的渴望成云
驶入高远的路径
抵达我的期望
鹰隼猎归的飞翔
大幕般将秋收阻挡
收获像生锈的时针
旋转至无穷的远方
时针这变形的蝌蚪
游戏在历史的泥塘
岁月化着恶魔
放养着果实和野鸭
阴谋的翅膀
怎能飞抵芬芳的梦乡
我的生命栖息在果树的枝上
当阵风摇曳树枝
梦便带我飞翔
虽然远方很遥远
但那里才是我的梦乡

木勺

从一堆杂物里伸出来
被银白的手握住
从我的股骨里舀取营养
漫画中的大地上
儿子夺路奔跑
脚印像我这部机器上掉下的螺帽
鼓圆它的嘴唇
讲述它的机械运动
扼杀的许多羊羔
我的清晨和汽油
我的挥发与渗漏
我停不下来的奔跑
越过每一个日子的关节
一只木勺燃烧起来
一同燃烧的是我冰凉的脊背

今夜要下一场大雪

风吹透水池
一场大雪就会下起来
我汗湿的内衣饱含池水
向零度挺进
我的体温在雪线处继续攀升
池水就这样粗野地冻结
我们需要热忱的生活
给我们的命运增添一把柴火
我看见逐水而居的人们
困守在夏天
悄然旅行的人们
追逐着晴朗的明天
风不停地把我带到高处
证实我目光的低矮
但我还没有明白
人群在远处等我
我养的狗回到身边
不一会儿就伏地而眠
它今夜要陪着我接受
那场要下的大雪

打几个记忆的比喻

我们的记忆：
像春天与冬天的粘连
绵刺扎进我的手腕
像爱人的一次远差
离别时儿子的缠绵
像一棵树掉下的所有叶片
化解了纠缠一生的情缘
像奶奶在旧社会的爱情
一遍又一遍的抱怨
像儿时的刺竹林
装点我今天的花园
像夜半的一声怪叫
永远在我的耳畔震撼
像初次坐车度过黄河
多年以后也不能安眠
像一只又一只朽木虫
钻进我干枯的躯干

风扇不能再偏了

屋子里就只有风扇没停
这个没有风的夜晚
哪儿有风扇
那儿就会有风吹
我们需要这样的风
参与我们的循环
老人总说这样生活下去
迟早要出问题
那时候我小得像一株禾苗
总和老人理论风扇的方向
风扇对着墙壁时
风不是就从墙里进去啦
墙的后面是另一家人
我们的风不就吹进别人的家里
为什么要让自己的风去吹别人
老人毫无办法
只好让风扇
偏到一边去
不让风直吹我这株娇嫩的禾苗
风扇不能再偏离我了
再偏又会吹到墙壁上

六月六日

这天我不会忘记
翻出衣服和旧絮
让一切危险
通通在绳上吊死
但母亲说，曾经
有几个六月六日没有太阳
还下过几场大雨
所以她的棉絮
至今仍有些潮湿

雨后的街面

很多次的雨后
我都穿过街面
街面都特别干净
即使有树叶和垃圾
散乱地留在街心
也丝毫不影响
它在雨后的清洁
更不会影响
对每一位路人的倒印
我亲眼看见四月四日的街面
在下午六点
给冰雹夹雨弄得凌乱不堪
街面有污水横流
我躲在街边的房屋下
和我躲在一起的
是两位陌生女人
他们也注视着眼前的街面
看谁最先敢去穿过
我看见一株芦荟
从高楼上坠落
黑土在地上散开
直到全部溶解

也没有人敢穿过这时刻的街面

至于为什么不敢

读者定能猜中

松鼠闯进我的诗歌

四月的松树
每棵都频频地晃动
松鼠从松树上掉落
闯进了我的诗歌
我没有拒绝
她惊慌失措的闯入
这件事的发生
孙亚西和李卫东可以作证
这只松鼠昨天中午开始
就流连在我的这首诗里
像轻柔的诗句跳来跳去
直到又一天的清晨
她才从诗歌的窗口离去
但我相信
她还会闯进我的诗歌
她定会从诗歌的窗
回到我的诗歌里
因为我的诗歌
已是她的领地

绵雨

我的冷
是绵雨造成
遇到坏天气
人们都蹑手蹑脚
这是寒冷在人间的巨大象征
我邀请他们聚会
他们冷冰冰的不作应答
雨滴落到房顶上
我再次想起
那天有人长时间敲打
天上的门
当时虽是中午
我们一丝不挂地
听着门的鼓响
仍然下着的雨
下得实在太久了
我的邀请得不到回应
我难受而困惑
为什么有的事情
必须晴天才能达成
我只好待在客厅
等待着晴天的来临

卵石的上空

乌云在卵石上空
形若鹰隼
向鸡蛋俯冲
卵石趴在河边
用屁股喝水
云朵抖动翅膀
卵石视而不见
河流的头皮发出笑声
不知乌云可曾听见

汽车从楼前经过

汽车从楼前经过
我困在那座楼上
蹲守着狭小的空间
动弹不得
汽车轰鸣的声音从我的后背
翻窗而入拍打着我的胸口
我知道
汽车正在经过附近
其实楼下没有公路
也没有隐秘的通道
听见汽车经过
我难以预料它的去处
它就是在那里原地调头
我也不会有什么惊喜
更不会对它的如此行为
感到有一丝疑惑

帮助雪松生长

我要去掉对雪松不利的季节
帮助雪松的生长
我要让它
像人们睡在妻子身旁那样
拥有享不尽的温馨
拥有爱不完的光芒
可是我懂不起雪松的言语
懂不起它的喜怒哀乐
懂不起它的休眠渴望和忧伤
我只能按照主观的想法
为它挑选一块肥沃的土地
让它在酷热的夏天
尽量靠近花园里的池塘
我只能这样
帮助一棵雪松
在我的世界里生长

鸟散

夜过九点
街上的学生像离散的鸟群
五只雏鸟贴地飞行
她们翅膀扑打翅膀
发出的声音
像是一股春风
刮过花瓣时模糊的奏鸣
在一个拐弯处
嗡的一声
其中一只飞走了
另外四只也会鸟散今夜

一只昆虫的下午

两张柚子叶的倒影中
一只昆虫被十月的下午锁住
他困在那里毫无惧色
藐视他所有的敌人

远处有雪花

田野的稻株重新排列了
原来谷粒聚会去啦
田野的金色随着时光变薄
并浅淡下来
年少的我不停地走到现在
到达田野时已是秋去冬来
数不清的黑眼珠
呆滞地仰视着我
秋后的雨滴回放着他
与谷粒和奏的乐章
我叩首礼拜的时刻
发现许多停留在田野的草朵
对我的等待已被严重削弱
我站在谷粒旁
看见远处的雪花纷纷飘落

淌黑湾河

小鱼儿和典典
看见河上的古麻柳
就决定去淌黑湾河
欣喜的阳光
照在巨大的卵石阵上
清冽河水下光怪陆离
这时候的外乡人
不得不忘乎所以
看见那些浮动的卵石
就迫不及待地仰躺上去
这么通透的一泓净水
应和着夹岸春色
便跳进去泅游
特别是典典
应该在这样纯洁的自然中
学会游泳

三月去南部

打算三月去南部
那时正置冬天
我的房屋和树枝
都积满了厚厚的白雪
我的每一个早晨都白茫茫一片
当然身旁的瑜更像雪花
飘在我的眼前
接近三月

去南部要翻越许多座山
山上积满厚厚的白雪
结了冰的道路
我们面对它，小心翼翼
瑜的童年就在南部
南部的水上那时野鸭成群
野鸭总游在对岸的水边
只有漫天的白雪
在四合院和瑜一起飞舞
就这样瑜的童年融化了
当瑜带我走进
南部那重重天井

我预感到一场大雪即将飘来
虽然离开之时那场雪也没有飘来
可是，现在它仍然在我的预感之中

黑色行动

河水变黑
蓝天变黑
居住着母亲的房间变黑
父亲和我也都变黑
向黑色的深处而去
带上钓竿
绕过黑色的苜蓿花
坐守在一块大石头上
骨瘦的虾
向黑色的最深处游去
向饥饿的鱼游去
我与父亲坐守的地方
包围着黑色的草及树枝
我把钓竿当羊鞭挥舞
我的鱼挂在黑色的枝头
听得见那种黑色的颤抖
它转动的黑色目光
一张一合的大嘴
被黑色的叶片笼罩
父亲说这回你只得放弃垂钓
下一次
你就会把握鱼的方向

报纸上的蚂蚁列阵等待我的检阅

翻开报纸
文字像数万蚂蚁
列阵爬进我的眼睛
带着阳光　阴霾
和各种逸闻趣事
把我的思想悬浮起来
让我在公园里自得自在
我视觉里的报纸上
阵营庞大的蚁军
令我的意识时而充气般凸显
时而又失足黑白交错的深渊
同行的亲人
仍沉浸在阳光的舞池里
公园低空间的败叶
像喜鹊一样身姿悠扬
女儿在公园里奔跑
手里的风车使这个春天跟着她转动
母亲还在香茗里浑然成趣
许多竹椅鸟叫般答和生韵
而我视觉里的蚁军仍异常活跃
我是一个目光犀利的将军
正将他们一一地检阅

村民的爱好

生的和熟的
是两句诗流传在村民的嘴里
村民总是先念完“生的”
再慢慢地读“熟的”
村民认为“熟的”读走来很管用
读一读“生的”也不错
放心大胆地四处去走路
从春季一直走到冬季
每一个季节都被他们朗诵

“生的”和“熟的”是很古老的句子了
村民们在那些事情表面活着
在遗留下来的句子上修改
太阳是“熟的”
白昼是“生的”
风是“生的”
雨是“熟的”
霜是“生的”
秋天是“熟的”
这些都属于村民们的思维
他们还常常有更奇特的梦
梦见鸟群在土层深处飞越

梦见那些鸟把虫子赶进土里
又从庄稼的根须里爬出
太阳早晚都会停下来
把村民从梦的外壳里剥出
一个一个地清点名字
霜降的时候村民都是“熟的”
白露的时候村民都是“生的”

鸟落河边

昨天的晚饭前
你在哪里
我在赶去吃饭的路上
那你呢
我在与你联系
我路过河边时
被一群灰色的水鸟吸引
一群从远处飞来的水鸟
全部落在河边
我意识到自己对着水鸟
发呆的时候
天完全黑了
接着我从你的手机里
知道你不在服务区
那可能是
我一直在路上
去吃饭的地方
要经过一条深巷
我主要在想到底喝不喝醉
天完全黑的时候
我仍然在想
喝酒的时候

有人谈到鸟落河边的事
同桌有人说
今天河边的鸟
此时也许已经飞离

烤羊腿

去之前就知道了
山上的绿草坪旁
在烤全羊
虽然从上世纪60年代开始
就对食物迷恋和贪婪至今
可是还是不能接受
在草坪旁享用烤全羊的事实
如果当着草坪上的羊群
让一只羊血淋淋地消失
这应该是发生在非洲
塞伦盖茨大草原上的事情
一群人围着一只烤焦的全羊
这个事实就在眼前发生
如果那群围着全羊啃食的
是一群猎豹兄弟
浪迹草原的雄狮呢
不久就会到来
而遗憾的是猎豹虽被赶走
那只残存的羊腿
还是落得个被吞噬的结局

照亮树的忧伤

我亲眼看见
风中
一棵树的断裂
我还亲身经历了
撕心裂肺的断裂声
对我环绕的恐惧
在树的断面
我看见一棵树伤透的内心
我想用目光的药效
疗治一棵树内心的伤痛
我不想看见一棵树因感染而高热
更不想看见它
燃烧自焚
我希望它告别伤痛恢复健康
我崇拜它在悬崖边的舞蹈
我敬畏它在黑夜中的招摇
我愿意将每一滴激动的泪水
奉献给一棵树
作用于它的康复和生长
我要用心中的太阳
照亮它缄默不语的忧伤

它幸福地新老交替时
欢快的落叶在岁月里
流淌

柳杉的尸体

我清楚地记得
它是盛夏时节死去的
保持着生前的风姿
参观我花园的客人
都会惊叹这棵树
红得像一团烈火
那是一具柳杉的尸体
生来就长在我的花园
它的过去苍翠欲滴

第二辑

生命的本意

那种比钻石还要闪烁的欲望
一定是时光的幌子
不然它不会深藏于肉体
蜈蚣一样没日没夜地蠕动
长此以往地搅局人生

石梯的力量

到了天黑的时候
通往前方或后方的梯坎
我就会看不见
就像看不见晚上推开窗户的手
以怎样的移动摆弄一家人的黑暗
那一坡一坡的梯子我看不见它
它和我经过的日程一样
用山羊的速度推动我的双脚
那是一种什么样的力量
它总是静止在那里
把我们推向远方

我是你们的父亲

我是陶土的父亲
坛坛罐罐壶碟碗盘按照我的胃口
瓜分了器皿世界
我是花的父亲
流光溢彩四季芳香按照我的授意
养育了贪婪
我是水泥的父亲
凝结坦途穿山越岭我令她牵引人间
通向正义和邪恶
我是墨水的父亲
呈现万卷经书固守我的立场
颠倒黑白混淆是非或无病呻吟
我是男人和女人的父亲
世袭悲欢离合彰显我的含混迷茫
徒有万种风情

油菜花后遗症

记得那一年去秀山的油菜花节后
大片大片的油菜花上空
巨大的蓝色蜂群游动着洁白的翅膀
金色的蜜如潮涌
甜得我晨昏颠倒
那次以后
每年的四月我都仰头度过
漫天飞舞的蓝色蜂群在我的目光中
酝酿众多的蜜糖
我的骨子里才有无限金黄流淌
艾略特曾说四月是最残酷的月份
他的四月显然没有蓝色蜂群迷恋油菜花的金黄
而我的四月却是鎏金的月份
金墙碧瓦间所有人心都在酣畅

生活的真相

我在半夜的中间
看见许多人帮我缝补
尘埃撕破的衣衫
这些人指责我的双脚
囫囵吞噬了我的前途
我曾被带到骨灰中
去那里抚摸比山还高的黑暗
去那里演练比水还长的哭泣
我穿越风盖住的土墙时
并不知我的躯壳荒如干草
也不知我的完整都要被忠孝扯破
我看不见我高贵的血统
却听得见暗藏在我经络里的伤钟
每一个缺氧的黄昏
幸福在我的生活表面
若土漆对人们放射光芒
一片片望而生畏的幽光
是我昨日还未消散的迷惘
我无可选择的回忆
它总是在过去的海域泛起
逝去却仍在回旋的涟漪

云朵和肉体都是欲望

云朵也和肉体一样
被欲望戳成千疮百孔
云朵是天空的欲望
肉体是人性的欲望
云朵是肉体的欲望
肉体是云朵的欲望
欲望是欲望的千军万马
有时挥师九天
有时溃退地狱
欲望一对一的时候
从烽火硝烟的古战场肉搏至今
他们只用陈词滥调呐喊
当肉体呻吟的时刻
伤口才有机会愈合
当云朵迁徙的时候
才是庆祝胜利的舞者
肉体是人性的奴隶
云朵是梦幻的延伸
阳光明媚的时候
云朵在休整和改编
阳光明媚的时候
肉体在恢复元气

生命的本意

不要把梦当带肉的骨头叼在嘴上
那种比钻石还要闪烁的欲望
一定是时光的幌子
不然它不会深藏于肉体
蜈蚣一样没日没夜地蠕动
长此以往地搅局人生
时光变着花样骗人
胎生时就已将我领养
五十年匆匆过去
谁的黑发逃脱过时光的漂白
谁身上的血没有多脂多糖
继续挺着腰的
肯定有去无还
这些固执的规则本是血液的成分
通过母体在人类循环
这是多么凄楚的规则啊
没有谁能够主观抛弃
或者这就是生命的本意

和阳光同居

阳光被春天委派来
照射我正午的黑暗
我这一生有太多黑暗的死结
我老眼昏花无法解开
我阴暗发霉
卡在生活的地牢间
大半生都没能出人头地
我想和阳光同居
我想用光线把自己吊死
我想把最后一口气出得金光闪闪
我想用阳光把自己制成一只烤鸭
奉献给姑娘让她们好好馋嘴一回
我想在自己的全身上下
做一次彻底的大扫除
在星期六和星期天
站出来光彩照人
混一口青春饭吃
直到消化不良病发食欲不振
我还想做阳光最后的情人
朝朝暮暮
一辈子谈笑风生

你对我说出的天堂

恐惧像心脏
在我理想的表演区跳荡
打开我封锁的库房
春意盎然春风荡漾
将地上卧伏的那些风筝
送上灰色的高度
双手回旋通过理想的暗坑
伸入天空的胸怀
去探视她内部不止的微笑
嗡嗡的蜂鸣酝酿着蜜糖
蜂群带我骑着妖娆的太阳
花瓣彰显扭曲的怨恨
青春期的晴空中
金雕盘旋的翅膀后面
就是你对我说的天堂

水晶头骨

我的头骨是玛雅人留下的
我是十三块中的第五块
所以
1965年5月5日
世界将我顺产在东方
生存虚空的世界
我的路在缝隙间穿梭
我用古井口话语和歌唱
我从石缝里溢出热泪
我是果实的命运
从秋天的阶梯上一再下坠
我是大地的伶牙俐齿
咀嚼着纯不可及
玲珑剔透的水晶
我是又一批玛雅人
神秘的城池
凋零的废墟

溃不成形的时间

时间
N年前就离我而去
但在时间开凿的运河里
我搓掉背上的陈汗
反复将繁殖的意念漂洗
并与月光和荒岛相连
睫毛被燃烧的火焰压弯
体内的精髓中心
时间的碎片旁
守候着瀛瀛泪光
海面的倒影下
我看见丢弃我的时间
拉拢着岁月的冰块
鬼鬼祟祟地积冰成岛
若卡夫卡般的唐突和荒芜
他的命运
瘫软在晾衣绳和树枝上
飘出怪味的耷拉的脑袋
就是引导我衰竭的面包
逃遁的双脚吐着烘烤面包的火焰
我持续地接近那些面包时
保持着旺盛的食欲

我要关闭所有的白天
永远不想看见
那些面包被我消化代谢
我想锈蚀裸奔的时针
我再也不是时间的粮食
我要做时间的主子否定时间的饥饿
让它向生命乞讨
那时候我才会痛快地灭掉自己
让我的精神转到日历的背后
嘲笑溃不成形的时间

永远都有钱

钱像邮箱里的垃圾信件
让我的邮箱时刻爆满
让我无条件地接收
这是我没有停止过的梦想
这个梦想让自然界很难堪
因为自然的安排是这样的
钱和劳动是鸟和食物的关系
钱就像鸟群一样存在于自然中
我们只能巧用智慧技能
在法制的空间里
用劳动作食物将它喂养
当我们付出劳动的时候
钱会叽叽喳喳地在我们身外欢腾
当我们停止这种付出的时候
鸟儿就会飞走
如果我们想要永远有钱
就得种下一棵枝繁叶茂的摇钱树
让鸟儿的巢像果实一样结满枝头
只要鸟儿不停地繁衍生息
我们的钱就会日夜不停地生长

白瓷的背景前

我见过影子在白瓷上
像一块生铁
它在白瓷里的移动
缓慢成一只蜗牛
那个瞬间
太阳的确和追光灯一样
用一个钝角来强调
一个粗糙的轮廓
一个轻得不能像山一样
稳重的轮廓
将要从白瓷的破缝里溜走
影子在前方遮蔽了我的视觉
看不清它在破缝的锋利上
涂抹了什么
它的两只手有力地举起
像是做完一次激动的表决
它的双手又如释重负地垂下
不知道它的期望是否已经实现
难道是它的意愿受挫
无奈地妥协

旅途

不可避免地
要在树下乘凉
落叶定会掉在
我的头上
脚上还会沾染鸟粪
树上的鸟窝
大多数时候空着
我乘凉在树下时
树上绝对没有鸟
我见到羽毛
从树叶间落下来
树上也没有鸟
鸟不懂得与人同行
它从树上飞走时
我来到树下
我离开树下继续赶路
它不知我上哪儿去
我见到落叶
总是伤心
我一路期待
与鸟会合
我更想用嘴唇
触及鸟的飞翔

对下午的民间体验

每个短暂的下午
急促地游动在民间
尚未完工的围墙
受伤的古血藤
使得这个下午一短再短
短得爬不上我的围墙
短得像鸟影掠过我的双肩
在民间劳动的工钱
得在下午进行结算
人们把下午幻想成棉被
顺势一倒就会呼呼安眠
人们把下午当着面粉
巧手制成时间的拉面
丢进历史煮进民间
这个变形的铁锅旁
勤劳的人们正在
匆匆晚餐

不要给我放假

我在地底下发抖
最怕春天不让我发芽
我只须暂停在忍耐中
而并非取消生机
尝试撬开隐忍我的季节
爬上风调雨顺的肩膀
我最怕无休止的傻呆
和暗无天日的自行腐烂
我要在每一个季节里发芽
和开花
我真的不想
在某一个季节里
被你们安排休假

尼采哥哥说得好

我风风火火
走到今天
大家羡慕我
特立独行
疯狂自得
真实洒脱
激情像夏威夷喷发的火山
但是
我虽至天命
却一无所获
现在看来
还是尼采哥哥说得好
“只要你在一个地方
深掘下去
就会有泉水涌出”
妈哟
从现在深掘下去
不惧怕孤独和寂寞

我是一把弯刀

早春二月的口渴
水泵的吸头一样
潜入我的塘底
我被吸走的不是血
因为那吸头不是蚊子的吸头
被吸走的是浑身蔓生的精力
一个夏天远没有结束
我已像那只因底漏而几代人都不用的水桶
现在的女人我对她讲了这段经历
这是我初逢爱情时的遭遇
我的前半生是一把弯刀
把那次遭遇的繁复细节
枝叶一样地剔去
我的后半生仍是前半生那把弯刀
那么坚硬的爱情
我怎样才能将她剔成木屑
蕴藏烈火随时燃烧的木屑

我的后事

在不同的场合表白过
我会在手足无措时飞起来
从窗口
带走一生烟云
亲们请都闭目安静
我没有浮在你们目光上的想法
你们的痛惜和记忆不要绷得太紧
让我能自主解开过去
痛苦和快乐的死结
亲们
这是一次安静的轮回
你们看看我的右脚就会知道
始终都没有松开生命的油门

理想境界

在我的境界里
人生的路是弹簧
反复弯曲也能快速平直
幸福像韭菜
不断地被割走
又会不停地萌发出来
痛苦像煮酒
一经发酵
就能变成美酒
人体是热核反应堆
加注一次燃料
就会无休止地运转

对一种声音的猜测

我刚刚翻开
《文明的孩子》
一种声音在我附近
终止了我的阅读
那声音令我不安

我以为那声音
从一只胶水瓶口传来
一只刚挤过胶水的
胶水瓶
在往里面吸气
那声音跳跃地响起
我的感觉器官集中在瓶口
弄清了那声音和胶水瓶的距离
是环形的
但仍不知那声音
是怎样转向我
又怎样环绕在我的附近

我把后背从椅子上挪直起来
环视身边堆满的书
那些书拥卫着我

长期咀嚼我的时间
那声音并不是咬噬和吞食在碰响
书间仅有
新的旧的红的黑的墨水瓶
以及埋藏在书页里的彩色灵魂
有序地排列在我的附近

桌上两个朋友的照片里
他们目不转睛地看着我
这是夏天的早晨
一张废纸
开始从上往下
滑过我久远的窗户
我一直坐在桌前
看见那张废纸
上面写满了文字
废纸在空中旋转
文字表达的意义
也在旋转
我不能确知
那种旋转着的自由下落
与文字表达的意义
是否存在绝对关系
废纸滑过
这件事发生时
那种来路不明的声音
都没有停止

我突然将挂在心上的画取下
摆放在我的眼前
画中的羊群
永远保持同一种吃草的姿势
原野的草尖晃动不停
羊群等待它的静止
我想在画面里找出一种声音
和我附近的声音相同
我好把挂了很久的画扔掉
让我只够挂一张画的心脏空出来

我的器官疯涌而至
用虫豸的爬行动作
找遍画里每个可能暗藏声音的地方
我疲软的意识挣脱器官的引导
悠闲地坐在窗上
（就是那张废纸滑过的窗上）
窗下连续横过的
都是些回家的女人
现在正是下午
她们还会横穿这个窗户
傍晚她们离开自己的家
茫茫的黑夜
她们停在什么场所？
她们躲进什么样的声音里？

她们往返在窗前
身上的余音都未散尽

那余音向上升腾
沿着废纸下滑的路径上升
漫过我的意识
桌前椅子上转动的
是我的肉体
附近的声音冥冥里的移动
还在继续

我附近的声音
在我睡眠的时候也能听见
它也许与花开有关
我的每一个夜晚过去以后
都会有花朵更加鲜艳
我急于确知的声音
已将鲜花开放在我的眼前
它要我把所有的岁月
当花季使用
它要我深信
所有的花朵
都要在声音里绽开

银灰色栏杆

我的栏杆悬挂在
一朵红墙外
铁花的　银灰色
而今已变成一团灰雾
远远望去
一朵红墙上罩着一团灰雾
只有我自己才明白
红墙上隐约可见的那团灰雾
其实就是我的栏杆
而更多人看见的
却是一条飞出灰雾的鱼
一条没有翅膀而向自然挑战的鱼
落在生活阳台上
张开大眼望着生活
在阳台的尘灰上艰难地游动
它的游动很快就会被
阳台上的时间
彻底否定

抽象画

一种我不曾调和过的颜色
不可以分割空间
不可组成画面的颜色
它本就不是我视觉里
有生命的色彩
可化作一只蜜蜂
飞进了我的花期
在我的身体里停足
在我的花房里受孕
让我用嘴生出我的孩子
阳光把孩子抢走
所以满山的桃树上
都结满了我的孩子
成群结队的人诱惑着
我的孩子黄熟

天命之年的小传

以年计算
我被我重复了四十九年
我把我一年又一年地贴进广告栏里
我想抓住能使我改头换面的机遇
我在昨天的结局里焦急难耐
我把我的幼稚和成熟
把我的功劳和错误
全都装入父亲的烟袋
我盛进春天滴水不漏
可我却在四十九年里即将风干
以路计算
我的双脚被误解为四十一码的速度
我被我的前途领跑了四十九年
而我感觉到的不过就是一瞬间

管子

水流过了
风吹过了
目光正从这根空管里穿过
跌跌碰碰绕过往事的结和心灵的疤
一路狭隘拥堵
管口处的光像万丈瀑布
太阳是一片滚圆的悬崖
我要跌进去
让我一身的阴暗跌落九天

皮靴和灰猫

难以说清的光亮
虚假的蛇皮纹理
我的双脚有节奏地
将光亮和纹理一前一后
交替挥舞
雨一样淅沥
雪一样纷乱
这样的境况中
灰猫的一只脚伸向空中
像一棵笨草风吹时的晃动

11月16日我的反击

时钟的咀嚼声
在我的左手上筑巢
在我亲人的左手上不停地环绕
在办公室
在我家的墙上
在所有的枕边
在大街的房顶上
辗转反侧
在人群里穿梭
在幸福和痛苦的深处闷响
1965年5月5日就是这样的情况
那时候的时钟像一粒金属钠
掉进我生命的水杯
时钟的咀嚼声像饿狼的双眼
咬住我死死不放
我不知不觉　我很糊涂
我麻木了很久很久
我完全听不见早就开始的咀嚼
直到有一天我发现
我母亲代表黑夜的头发花白
我恐惧那咀嚼领着不眠之夜的到来
他从硕大的饥饿的死亡的嘴里出发

把我逼到时间的镜子里
我看见我头上丰满的黑夜
正在失去嫩草里的生机
那时钟的咀嚼
快接近我的两鬓
那咀嚼的声音像一群猎人的吆喝
堵住我的所有出口
我在包围圈里
与水和石头对峙
用沉默和喧嚣
反诘时钟的咀嚼
直到它彻底放弃
碎裂一切

十五天

这计算日子的数字
我反反复复地惦记
有时候我焦虑难耐
有时候我的拇指和食指间
会发出一道亮若闪电的光
不管什么景象发生
十五天过去了
我都会舒坦地慵懒在屋檐下
流动的阳光或者飞来的雨水
总是可以透彻地对我浇灌
让我陪着古老的树桩盆景
缓慢地长大

上火了

别介意
我的话尾拖着长长的火焰
我不分昼夜地燃烧着
你看我的眼睛里
火龙在优美的舞蹈
我在黑夜里自焚
可以燃烧的东西
都在逃跑
别介意
我朝着一万个方向出发
用飞的速度
别介意
请你给我一碗水
别介意
再给我一碗水

局部

如果你是靠反射获得图像
那么今天的我
只是一片不完整的小腿
而绝大部分的我
就像东北虎一样在幽深的森林里
藏匿
由于你有光
我的全部身体都紧密地团结着
想蹦出你设置的阴影或黑暗
可是这是我自己的房屋
共我一生修炼灵魂的囹圄
如果门被锁后
在你看来
我就是我的局部

默契

兴奋时
未来中的过去有一个夜晚大小
悲切时
过去中的未来浩瀚而又粗犷无边
心如止水时
无论是过去还是未来
都只有一颗纽扣大小
可以轻松地穿过人生的小孔
达成默契

我是寻着来的

我是寻着来的
我的目的是纸上的所有文字
是一群蜻蜓在湖面的倒影
波浪像疾病一样
溶解了停留的蜻蜓
我的文字爬行在每一棵水草的顶端
那是我无法安静的高度
那个高度是晚风和晨曦交替到达的高度
我用整夜的黑暗涵盖过那里的火热
我甚至把正午降低到零度
都因为我没有停止过颤抖
那令我摇动和颤抖的风啊
我不知道她推动我的巨手藏在何处
我真的没有看见她是怎样推动我的
但我确知
她躲在森林的翠绿里
所以我寻着来了
我去看那些枝头是否有我的文字活跃
那些飞舞的蜻蜓
是否也都回旋在森林的翠绿里

我对雨的旨意

如果没有雨
春天就会惊慌失措
突然了结没有结束的笑翳
玉米地持续的期待
幸福变得铺天盖地
高不可攀的深处
蕴藏着丰富的雨滴
不知道它们会不会接受我的旨意
我想要它们浸透那些石头
我宁愿让出我的所有房间
凡是怕雨的事物都可以躲进去
因为那些石头下面长久焦渴的泥土
急需要透彻的滋润
急需要及时的潮湿

一桶被忘记的油漆

看见多年前的旧家具
又想起那桶剩下的油漆
把那个严冬染红
红得像少女的脸一样狂热
烙下了鲜红的记忆
那个红得发亮的冬季
像我暴露在屋檐外的土墙
到如今还在层层剥离
我要说的并不是忆起一桶油漆
而是上演于80年代的青春戏剧
一生都退不出那戏里的角色
永远都背诵着戏里的台词
好比一棵树离开森林
去做了房屋的柱头或者板壁

关于飞翔的疑问

我认为
鸟儿在空中飞翔
只是一种迷离
他们的爱和繁殖
他们的饥饿和睡眠
都不在空中进行
如果飞翔是万能的
鸟儿为什么不用飞翔
解决一切

吹牛

那些飞鸟为我飞到白云深处
天空的奥秘我没法知晓
那些山峰为我傻坐永久
漫长岁月也不够我衰老
那些河流在为我咆哮
孤独总是冲不出山坳
那些森林全长在我的体表
众神不愿在森林里尴尬地舞蹈
那些金属纷纷抢戏出场
证明我的时代不像波佩的面纱那种荒谬
那些花朵含苞待放
没有结束我现在的流浪
那些往事全都死在我的今天
地球今生不会为我改变摸样
那些遍布地球我的爹娘
被钉在十字架上亲吻弯曲的曙光
那些超强的人间大脑
看不见地球将他们安葬
那些悄无声息的睡眠
里面猖獗着野鬼和匪帮

新的胜利

我坐在餐桌前等待的前提是
我是一天里几个固定时间的奴隶
我不停止激怒唾液
一批假牙聚在一起
要进一步磨碎死在桌上的母鸡
一个虚假器官也不缺少的鸡
悬浮在人活动层面的光里
使每行一步的事物都分裂出阴影
并在另一个视觉上模仿真实
他证实了误会正在推动一切前进
轮回是补救和调整
我烈焰的底部这样黯淡着
皱褶的铁和它的野心不可调和的冲突
仍在一起散步
在向我的烈焰里渗透
在底部重新混合
底部浑浊不断的融合里
艺术的光和科学的铁拉近了关系
我被激怒的唾液横冲过去
取得了新的胜利

第三辑

我要用丝绸改变一切

我从寒冷中有备而来
我要把一段丝绸
剪裁成瘦身旗袍
我要让一年四季
在丝绸里变成最美的曲线

沙漠的历史

不要在沙漠中的波浪里
寻觅风的足迹
那里打不上生命的铆钉
不可能把风
固定在流浪的沙里
风真实地离开了沙漠
但是也不能
否定它曾今在那里刮过
我假设过
一旦看见渺茫的沙漠
我就会席地而睡
睡成十分困倦后的一堆香甜
风定会刮回来
再造一个沙的子宫
从新把我放进去供养
而我手中那套描写沙漠的书籍
很快破碎如沙不现踪影
像梦里的事情一样
在没有任何见证的状况中发生
根据这些假设
我可以判定

风创造了沙漠的历史
沙漠的历史就是风的
巨大隐喻

第二章　忌（长诗：七天 选章）

生活在中国的人们
血液中流动着灰色的意念
所以我们的生活时刻瘙痒
记得爸爸死在一块木板上的时候
所有具备生活阅历的人
给我各色各样的提醒
不能让猫从他的身体上空飞过
不然他会突然坐起来
这是因为猫有九个灵魂吗
是担心猫会掉落其中一个灵魂
去操纵爸爸的身体
这有什么可怕的结果吗
为什么这些人连让我爸爸继续
活下来的期望都不敢有呢
是怕我爸爸像猫一样活着吗
当时的我为什么要任人摆布
听之任之
现在希望我的女儿在我死后
做一个有意义的实验
在我风烛残年的时候
养一批听从她指挥的猫
让它们不停地从我冰凉的尸体上空飞过

让我坐起来查看人们的悲痛
或者就变成一只猫
被随便一个家庭圈养
我还可以选择四处流浪
在我看来那种灰色意念
就像一群真菌
作业在人们的行动中
镂空了我们一生的前途
使得我们甘当命运的奴隶
从古到今从小到大
我们都在为各色各样的忌讳
不假思索地延续

我要用丝绸改变一切

我正前往丝绸的故乡
我从寒冷中有备而来
我要把一段丝绸
剪裁成瘦身旗袍
我要让一年四季
在丝绸里变成最美的曲线
我要让所有眼神
都在丝绸里燃烧
我要让丝绸将
所有拿不出手的人体
修炼成仙
我要把丝绸带到自由的天堂
换一抹霞光
把寒冷的天空点燃

有严重问题的凹地

父亲的凹地上
软弱的流水成冰
一个又一个冬天如期而至
野风横扫
凹地上遍布垃圾
人间的片片新绿
在凹地的春天里
相继夭折
凹地的水里没有鱼群
他一生都在为凹地换水
白头到老时他已变成了另一片凹地
凹地倒扣在凹地的上空
他的倒影困在水中
被彻底地颠覆与变形
父亲疑惑过自己的破碎
一生到头
他终于明白
他的人生就是一片凹地

崭新的自首

没有任何季节支持我
拒绝我和我偷来的人一起行走
甚至拒绝我和我偷来的人的任何合作
我被他们倒挂在天上
让我的血液和我偷来的人的血液
朝着相反的方向涌流

我偷来的潮水是一个卧底
他在每天我睡去以后
阅读了我的所有日记
他把我所有有用的往事
丢进潜伏的暗河里
使我的往事静悄悄地流到了他们的目的
我现在已确知
在我到达古稀之年时
潮水会浸透我的全部过去
以此将我彻底销毁
（我有一本传记已被潮水打湿
我有四十九年的历程被他完全封锁
他和我的过去搅混在一起
就像天空静止的乌云
这件事我不敢向任何人提起

因为潮水是我偷来的)

我像一本黄色书籍
被四季的阵风一页一页地往复翻开
我被四季的饥饿吞进去又吐出来
在四季的消化系统进进出出
我的许多页码已经破损
有的篇章已经模糊不清
那些模糊不清和破损的部分
都是我从别的地方偷来的
最初的我
只不过是人类的一声叹息
我盗窃的爱好一天天壮大了自己
看看我现在是多么的臃肿

我现在正在进行的事件充满了危险
我的头已穿过大气层
看谁在给太阳安装开关
我要把那个给太阳安装开关的人赶出天外
我留在人间的躯体请不要将它从天空拔下
拔下来了天空又多一个陋洞

我不由自主地把我的偷盗说出
是因为我没有感到危险
我知道我的罪恶已被宽恕

一群不死的鱼

生死的故事本就虚无
你们正飘飘而下
这条河的两岸
渔夫造船织网
船和渔夫是鱼群的骨灰盒
用飘零的方式将鱼群安葬
上游的鱼群即便猝死
还可以追逐清冽的波光
我认为这并不算你们的死亡
你们还能听见水的歌唱
浪尖就是你们的眼睛
还在反射绚丽的光芒
其实这才是你们的天堂
也许你们知道自己已在天堂
你们才会继续在上游闪烁
无休止地泛出你们的粼粼波光

人马孪生

90码的马速时
人在马背上扁平如妖
马和人是速度的孪生子
所以他们同时陷入奔跑的沼泽
人马都是速度和目的的工具
梦幻和驿站
是令人上瘾的咖啡
谁在用黛色而冗长的头巾招引
鼓吹人马的荣耀与胜利
当人马不再勇往直前
结局或许人头不对马嘴
人马凯旋的时刻
马用枯鬃曼舞
人依然扁平如妖

梦境

零点过后
山上的火逐渐熄灭
凡是童年时去过的密林
全都化着了灰尽
近年结识的消防队员
在密林的余火旁
因为这是在梦里
所以看不见他们的脸
密林烧光之后
山上四处都是飞瀑
但是飞瀑的旁边
余火还在闪烁
闪烁的火光里
人群在山路上奔跑
遥望着人群的人自言自语
“这就对了，应该有更多的人去救火”

分割

我的颅空
一半是夜晚
一半是纷飞的羊毛
黑夜里的欲念
常划燃火柴
点燃柔嫩的红唇
忽明忽暗的夜里
游动着巨大的鲨鱼
所以那些黑色的浪尖上
漂浮着破败的船骸
那些毁灭的残片
跌落着我的羊毛
我湿淋淋的羊毛

经历

我们现在
是过去和未来的正中
倘若人生是一盏精密天平
我们就是天平的支点
过去的经历越沉重
未来的砝码就越大
而生命就像阳光
蚊帐一样笼罩着
我们的未来
旺盛的庄稼
就在我们的怀里成熟

空气稀薄的中午

当不能企及
蓝色的高度
道路失去指向
往事擦肩而过
空气稀薄的中午
亢奋难耐的黑夜
青虫潜入菜芯
叶片的幸福被毁
生命的大幕上
我们幻象般闪过
漫长的游戏中
时间变成笑话
脉搏在午夜膨胀
在菜地萎缩
绝望是只蚯蚓
在敌人的身体里穿梭

和一片草坪划清边界

办公楼前
宽大的草坪
那是人们憔悴的脸
那是人们凋零了青春的容颜
春天在那里短命
冬天在那里涌现
那里的秋天渗出人们的忧伤
那里的白天萌发子夜的黑暗
昆虫的迁徙揭示了
那里可怕的秘密
草茎虚弱的身躯
表达了在那里生活的困难
倘若我们珍惜时间
就应该和那片草坪划清边界

沙雕

亿万年前
生命就已破碎如沙
生命的神话滚滚流传
我被黑夜的激情凝固成形
我有模有样地来到今天
时间轻轻眨动眼睛
我就会彻底沙化
我在狂风里尘灰飞扬
在飘渺中风尘仆仆
在肆虐中穿越星辰
茫茫沙海是我的灵魂
轮回的巧手又将我复制

神话

清晨八点
我站在水槽边
吐出一块骨头
我要明确地告诉你们
这块骨头就跟西西弗神话里的
那块石头一样
被从下往上推动
前天我站在公园的柳树下
就已感到那块骨头让我不适
我回到家里
喝了整夜红酒
家人问我
为什么颈项像蛇一样扭动
我对他们说
因为我的咽喉上有一块骨头
在向上滚动
也许明天早晨八点
我就要将它从嘴里吐出
你们不必害怕什么
那块骨头只不过是
又一个西西弗神话

鞋是一双陷阱

鞋本是可以骑乘的动物
它现在全死了
给人类残害至死的
它痛苦的表情
是人类双脚的陷阱
它强迫人类踏上歧途
让人类背道而行
它诅咒人类德行晦暗
让灵魂越陷越深
它教唆阳光在地狱中爬涉
让人类家园环境恶劣
它嘲笑人类欲望如火
将自己的前途化为灰烬

朴素的养育观

你们这些孩子
是用大米堆出来的
老人们都这样说
老人曾经也是孩子
听见老人也这样说
看来只要有一堆堆大米
就能把生命做大做强
所以当一批孩子老了
一定要多种稻禾
多产大米
用一堆堆的大米
堆成又一批孩子

万恶的蚂蚁

我的诗行水泄不通
蚂蚁却很容易钻进去
木头做床也是不能的
木头里已经钻进了蚂蚁
上路了不能老往前走
前路密密麻麻都是蚂蚁
不要仰面看天
天上的翅膀就是一堆蚂蚁
雪梅那里放电视的直柜上
蚂蚁住在她的手套里
王妈旧箱子里没有送出的鞋垫上
蚂蚁聚会了几十年
街的转角处瘫倒在地的女疯子
嘴里念念有词
仔细听过的人
就知道她念的是：
蚂蚁
蚂蚁

非正式教学

除了冬天
都来吧
你无声的呼唤
我都已经听见
村庄也好
城市也好
狂欢后的乌有也好
旷野里没有跳完的舞蹈也好
从动物那里移植过来的野性也好
从墓碑那里抹去人生的隐身术也好
快来吧
你无声的说教
在我的双耳久久回旋
顺着我身体的各个方向
开挖下去就是了
不要掘地三尺
那可是旁门偏道
来吧　来吧
我看见你在呼唤中
把每一位学徒带到纯粹寂静的广场上
帮助他们告别白昼的抚摸
帮助每一颗灵魂

在碎玻璃堆上
在垃圾堆旁
忽闪忽亮

遭遇改装

岁月这双巧手
把我的善良与纯扑
改装成一块磨石
将钢刀往复地砥砺
当我成为闪烁寒光的刃
才是岁月需要的结局
可是我总是恍里惚兮地觉得
我被神牢牢地攥在手里
经常梦坐在
一群甲鱼托着的战车上
复原一口又一口
被神秘之手敲碎的
伤钟
而这个过程中
我老是提心吊胆
防止着
每一口伤钟的复鸣

在棺材里玩

是树死了
死得很久
死了的树多余的高度去掉了
它们身体里隐含的数据
与我的十分接近
凭着这些数据
来投奔我
我找不到多话来说
让它们抱着我
就做我的母亲吧
这回要好好抱抱我

冷热事件

她的左脚露在棉絮外面
黎明到来前被我准时发觉
左脚是从温暖里暴出的
在沉睡中让我看见
她的左脚是完全静止的
我看见像瓜一样
挂在黑漆漆的路面

悬得很高的暗礁

我闭上眼睛就会看到
热血泼满我的脸颊
我从红色的道路
爬上双眼变成的暗礁
向着我的深渊潜逃
那个红得像火的入口
一群各行其是的疯子站在那里
不沟通也不合作
就挡住了我的去路
还蔑视我的愤怒
我的身体只得浅痒不止
外面的血乘虚而至
向我的身体里潜入
哪儿来的热血
像骄傲的敌人
顺利地突破我皮肤上的警戒
在峡谷里偷袭了我的哨所
黑暗中脆弱的骨头
我只要睁开眼睛
庞大的世界就会站在我的面前
那些偷袭者就会立刻成为俘虏
可是我不敢这样
我已虚弱得连一个俘虏也不能面对

藏进壳里的十根肋骨

玉米棒
我
火坑里的火
我
上下一样的空白
我
黑夜正中的一块焦炭
我
爸爸身上的暗河
我
物质间的联络
我
生死做的游戏
我
全世界的饥饿
我
我的名字
我
我开始永不停止地往左边移动
就会冲出所有的硬壳

疲惫的人如何避免白昼的骚扰

夜晚到了
整个世界就空了
就可以藐视一切了
也可以茫然一片
不再思索了
慰藉一下自己
随便怎么呻吟都可以
领导打电话也可以不接
如果他是让你明天继续
办理今天没有办好的事
你完全不必要理会他
因为夜晚是形而上的先河
不能任由当代野草在那里生长
你要让河流减速，一减再减，直到断流
你可以用一只空酒瓶
假装白天那个嘈杂的村庄
你要底气十足地
把白天那些对你不利的事物
假设成静止不动的雕像
让他们停止呼吸和运动
停止官僚和强势
如果你想完全不遭白昼的骚扰

用夜晚的鼠标
把整个白昼通通拉黑
才是最好的办法

变成吸尘器的我

城市的粉尘
充满我的午睡
蒙蔽我的双眼
我的午睡苍白无趣
我的休息污秽不堪
我在城市里咳嗽
我在蓝天下含冤
我在梦里变成吸尘器
做完这座城市的清洁
不知道要到何月何年
才能从梦里返还

不会退缩的眼光

有一种眼光
所到之处
就会有汁液横流
令你一生的沟壑成溪
那种眼光
在人们的印象中
是鱼群
抱团觅食
它的猎物根本无法脱逃
那种眼光
比姑娘的青春还要闪亮
它好比离弦的箭
不管再强大的目标
也毫不退缩

向下的高度

全部的美妙情愫
被太阳风吹破
像灰鲸的大嘴
午餐时那样一张一合
漫天的生灵都是他的食物
他贪婪地在天上猎捕
天空才时而朝霞如血
时而惊恐惨白
他的粪便时而污秽朵朵
甚至遮天蔽日
至高无上的我
渺小得就是一滴细雨
我与生俱来就为了降落
我在向下的高度中粉墨人生
在我的至低点悄然陨碎
我只能做一个优秀的向下攀登者
我把胜利的旗帜插上看不见的深处
我只好这样默默无闻

新盗窃主义的诞生

我以清醒的姿态
闯进众人的驱体
他们不把我当小偷看
他们自知腰无分文
公然蔑视盗窃
把自己随便乱丢乱摔
我是用目光行窃
目前没人知道
我第一次就在大白天的街上
偷了几件花衣
我在午夜里一件一件地试穿
没有一件不合身的
我最想盗窃的是一些器官
我要把偷来的大量嘴唇
堆集在干枯断流的河岸
春水一到就下河游成鱼苗
我要把许多只腿脚
倒挂在高空
反观颠倒后的天地人间
我要和过去的强盗划清界限
专偷过去没被偷过的
创立时尚的盗窃体系

偷走别人的身材和微笑
偷走乐不可支八哥的问好
偷走红场那些房屋的外套
偷走古罗马的灵魂
偷走人们伸向星星的空手
偷走四角恋爱的新模式
最后偷一座火葬场
我化着烟道里的一缕青烟
不要为我遗憾和悲恸
我正以一缕青烟的方式
青云直上

食品厂的邻居

我的幻想就是食品厂
食品厂与饥饿是邻居
是可以友情链接的网
可以交换网住的困兽
一群鱼最好　网让人直接想到了鱼
鱼最亲近石头　他们的矛盾给水缓解了
我要去你的食品厂　因为鱼的吸引
你进去了就不要出来　因为吸引了鱼
但至少在那里扔出一块石头
石头飞动的速度与绣球相比
是钢柔间的讥笑
不对　是一滴水和另一滴水的无距离接触
这样说来我就不去食品厂了
你深信椿树的老叶片和枝干的连离
鱼以鱼子酱的方式集体死亡
献媚恶毒　恶毒　谁的创意
恩那——
一切创意和死亡都是割不断的
我把一盆水喝进胃里　然后我来对你说　水已流走
傻瓜　你在梦里被一群鱼追上岸后立即融化成水
你才是傻瓜　你把许多事情都已推算和预测
1+1等于2是怎么回事

1+1 可以等于一只烂苹果
我的一切是不是都暗合了你的幻想
幻想是你手中杯口的红樱桃和鸡尾酒的相宜是不是
不是　仍然是食品厂

第四辑

同在某日的阳光下

每个黄昏我都在树下仰望
我注意到连日来
太阳天天按时经过树梢
我开始怀疑树上的老叶片
阻止了新的萌发

不知道冰雹就要来临

他躺在草坪上
四周的人
已结束冰雹来临前的骚动
他并非不怕冰雹
他只是睡的很沉
狂风和尘埃
掀动他的头发
也不见他醒来
闪电奇异的亮光
一次次掠过
也许这座城中
就他这么一尊
被市政报废的雕塑

三只雁飞过

三只雁飞过的时候
我叫不出它的名字
它飞行的高度低于城市的高楼
当它飞过我的头顶时
我就看见了它们
我看见它们时就想起了一幅画
一幅《麦田上空的乌鸦》
而我明确地意识到
三只白色的雁
不是麦田上空的乌鸦
我仍然以为印在眼里的
是一幅画
一幅三只雁飞过夜空的
木刻画
挂在城市的顶端

算你对了

我花园里的树没有发芽
每个黄昏我都在树下仰望
我注意到连日来
太阳天天按时经过树梢
我开始怀疑树上的老叶片
阻止了新的萌发
我已后悔对那些树的移栽
孩子们的作文里
已描述了春天的来临
我的春天
仍迟迟不在花园里诞生
明天我去别的花园看看
希望春天早已经在那里催促了新生

倾听孩子来告密

两个男孩和一个女孩来到我面前
我在石板路上坐着晒太阳
此前我在考虑花园的布局
三个小孩的影子
挡住我双膝和手上的阳光
我感觉到一阵幽凉
两个孩子开口就说
罗二娃摸走了我池塘里的一只团鱼
没等我想好对他们的回话
三个孩子已离开我回到池塘边
半小时之后
三个孩子又来了
他们把先前的话重复了一遍
我身后的万毛就说
他们三个来了两次了
还是没等我想好要对他们说的话
三个孩子就走了
万毛问我
你说那三个孩子会不会再来
我说如果还来
我已想好了给他们的回话

等待田亮

因为买十二扇防盗门
我去找田亮时
他在外收账
接到我的电话
他就往回赶
我看见他的时候
他的门市部背着阳光
他从太阳底下向我走来
穿过门市部的阴影
然后走进来握我的手
他想要知道我的门是左开还是右开
叫我先回家里等他
我坐在能看见他来的花园
转来转去晒着太阳
阳光也在我的门前投下阴影
田亮都还没有来
我得继续等待
一直等到天黑
第二天有人问我头一天在做什么
我说在等田亮

想起毛主席语录

三月十日
我早起而没吃早饭
骑摩托车下乡
一路很大的灰尘
积在我外露的器官上
我张嘴说话
砂粒碰响了我的牙床
在这时我想起过去吃过的谷糠
接着想起“节约粮食问题……”
我知道这是饥饿的反映
我马上就要抵达红头马餐馆
那里有为我准备的晚餐
吃完丰盛的晚餐
“节约粮食问题……”
又被我再次想起
一起想起的是一本书
一本六十四开红色的厚书
它就握在四十多年前每个人的胸口前
那本书的书名叫
《毛主席语录》

暖啤

李瑜买了三瓶啤酒
她知道我和朋友
都喜欢喝暖啤
三瓶暖啤好多天都放在桌上
李瑜是不会喝暖啤的
每当吃饭的时候
她都会给我打电话
我接她的电话时
就知道她是说暖啤的事
我每次都说
明天再喝吧
快到吃饭的时候
我就想起那三瓶暖啤
同时也想起许多朋友
都是三瓶以上的酒量
只有我
酒量在三瓶之内
我终于明白
桌上的三瓶啤酒
该怎样去喝

早上八点

现在几点了
七点了
那你把窗子关好
把通往垃圾道的门也要关好
我的眼镜昨夜放到那儿的
现在几点了　七点半了
把去箱子山那天穿的衣服找来给我
这双鞋子破了
这几天老是进水
换一双新的就好了
新鞋不进水
现在几点　快八点了
笔记本电脑还没装好
赶快把那瓶酱油带上
你去给他说这瓶酱油有问题
快点快点要迟到了
快点把门反锁了
现在几点了　还没有到八点

同在某日的阳光下

我感受到的温暖
你也感受到了
你在屋顶上看书喝茶
我却在高速路上奔跑
笼罩着腊肉香的山顶
曾经躺在巨大的绿色叶片上
不一会儿就会安睡过去
你想起了这些事情
对吧
所以我接到了你的电话
前一天的太阳
也会让人想起山顶上的那些事情
是的
而我只是想想
却没有给你和别的人
打电话
想想就可以了
懒得打

改造

改造一个酒店
把客房改作病房
白色的墙面
绿色的墙裙
蓝色的窗帘和乳黄的门
这些设计是想体现病房的感觉
已快要完工了
到底有没有病房的感觉
现在还无法知道

过去的黄狗

只要闲坐下来
就会想起过去的黄狗
那只优秀的黄狗
还在洞穴里追猎一只刺猬
我听见了它的惨叫
它的头皮被刺破
快速地在山上逃跑
我不知它逃去何方
这么多年都没有回来
我曾用几天的时间
把它可能去的山里找遍
我对那只黄狗的呼唤
还在过去的时间里回旋
我对黄狗的等待
还会持续数年
黄狗也许停止了奔跑
躺在某家的大门前
把过去的一切深深怀念

小酒馆的鱼

吃午饭的时候
去了那家小酒馆
小酒馆就在路边
女老板和两个小妹
是小酒馆的全体员工
来到酒馆的客
怀着同一个想法
女老板问客
你们想吃什么
有人说吃好吃的
鱼是不是好吃的
还有更好吃的没有
更好吃的是野生鱼
那就吃更好吃的
妹快点儿拿刀来
杀了那条刚送来的鱼

松树的长势

独自到山顶
正值仲春时节
鸟瞰远山睡佛时
发现两棵松树
今年的长势
会遮蔽睡佛的脸
离开山顶时
又一群人已到来
我对他们说
这两棵松树长大后
要遮蔽前方的睡佛
他们看着我
却一言不发

晒鱼片

青石板院坝边
母亲晒出鱼片
苍蝇成群飞来
停在鱼片上
母亲用竹枝
驱赶苍蝇时
像院坝里的波浪
父亲也过来驱逐
坝子上的波浪
此起彼伏
中午时分
太阳完全直射了
鱼片反射出
纷乱的波光

漂亮花衣

下午要赶到言君服装店
去看新到的花布
之前一直想着荷兰
举国的郁金香
非同寻常的漂亮
想用郁金香那么漂亮的花布
做一件衣服
把漂亮的荷兰穿在身上
夏天的中国
许多花就要开了
穿上荷兰特色的花衣服
和中国的花朵一同进退
在这个炙热的夏天
有什么不妥

黑狼

你就这样走了
我找过你很久
那个傍晚对你来说
你误会了
那个傍晚对我来说
我痛苦了
我还是不相信
你会离开我
因为你应该明白
我会在道阁堂
一直等着你的归来

削完苹果

一分为四
四块苹果
置于盘中
我坐下来
等一个好时光
等待三个客人

生病的猫

在何小竹家里
我们谈改革
再就是喝酒
喝蚂蚁酒是一种新的感觉
谈到他那只生病的猫时
我们正在喝蚂蚁酒
前些日子
那只猫也喝过酒
听小竹说猫喝酒是一种难受的感觉
它生病前狂奔过一回
从厨房嚎叫着跑进客厅
两只后腿慢慢地失去了知觉
客厅的角落
猫睡在小竹的旧棉袄上
每天吃少许牛奶和胺汴青胶囊

错打电话的人

天突然冷起来
这样冷的天气
她给我打电话
我接通时
她对我说打错了
看来我确实不是她
要在电话里找的人
这样寒冷的一天中
她四次给我打电话
每次都对我说打错了
没有多说一句话就挂断
这天一直很冷
她用大量的时间
寻找同一个人
其中四个电话
都打给了我
但我却不是她
一定要找到的人

第五辑

尊贵的银耳环

银耳环
你有光我也有光
这白夜
一起银光闪闪

银

我渴
尊贵的银耳环
这条路很窄
很坎坷地上至山顶
有一种月光
一直在汹涌
看守着我的流浪
有一刻的倾泻
直切了当
我怠慢了这次路途
停下来找到马桑树旁的泉水
我需要无数次地加注
把泉水里的天蓝
加入我沸腾的身体
银耳环
你有光我也有光
这白夜
一起银光闪闪

给妻子的红包

亲爱的瑜
请你悉数点收：
我把人生设计成平静的湖面
我把命运制作成猪槽船
我把十根指头扩建成渔网
我把快乐和幸福养成鱼群
我把岁月打造成新房
我还要在给你的这个红包里
加入对家的每一刻关爱

某些爱情

道路总是零零碎碎的
就像某些转角太多的爱情
让人每前进一段都放心不下
而沿途都在播种的玉米地
娇艳的桃花不久就会掉进去
如果某些爱情
也飘进桃花
会不会像玉米地一样
到达秋天
依旧遍布果实

崎岖的爱情

你傍晚出发要去的地方
抵达崎岖的爱情
心绪像冬天的荷叶
你若青蛙穴居在
暮秋的池塘
持续不断的阴霾
撵着细雨
霏霏而去
你那几片绿色的爱情
被高傲的荷花俯视
赤红的目光
撒下冬天的鱼网
情话似一群小鱼
困在你网的中央
游不上傍晚的山路
忍受着慢慢地缺氧
它们拼凑出一堆鱼骨
搭建你梦魇中的新房
它不是你熟悉的老房子
而是一只阴暗灼烫的蒸笼
你傍晚踱过的必经之路
封闭在磐石里的海誓山盟

蕴藏在岁月里的大豆高粱
被爱情的高温清蒸
泛着迷幻的芳香

给我

给我
把一股春风给我
让我快乐
希望一支香烟
通过你的手或者眼神
叼在我的嘴边
我要抽它
我太困倦了
不便告诉你为何如此这般
但是我需要帮助
帮助我顺利地抽一次
烟蒂我会丢到垃圾桶里
我习惯了文明
我会眯着眼睛一边吐出烟雾
一边给你说谢谢
抽完这次我会驾驶吉普车
悄然离开

爱情的曼陀罗

无边的皓月中
蛛网锁住许多爱情的翅膀
含泪的目光闪亮着
人性的光环鸟叫着
无论何处起源的春风
都撼不动僵挺的雪松
即便有风乱着一团
也只能造化些窗前的漩涡
如果掘地三尺
就能发现爱情
像苦竹的根在那里交织
那些延伸在地下的根系
终身也找不到出口
活埋在地下
盛开着一朵一朵
爱情的曼陀罗

我有一只蝴蝶

在这世界
的蝴蝶中
有一只蝴蝶
要向我飞来
那个时候
不一定是我的花期
虽然蝴蝶现在也
没有飞来
我真的这样想过
我有一只蝴蝶
就是这样的
它早就起飞了
我不知它起飞
的确切地点
也不知它
现在的路途
离我还有多远
我害怕
它在黑夜
飞至我的身边
黑夜里
她什么也看不见

母体密件

一条无形的软鞭
挂在红色的墙壁头
子孙用这条鞭子
对母体狠狠地抽打
直到流出乳恩成泉
直到母体萎缩于砂地
任风将枯发死叶般吹走
灿烂的阳光悠悠
照耀着人间史诗般的画面
母体高耸的桅杆
扬起黄色的风帆
无情的软鞭
在天地间关联
奔跑的马蹄响起
刺穿淼远的沧海桑田
乌鸦在围岩间呱叫
老木屋下事事纷乱
黄昏时缭绕着
死一般宁静的炊烟

怪叫

我怪叫的理由
与别人不同
它是来自地球内部的高音
与劳动号子低沉的和声
我怪叫的方式
与饥饿有染
它不分白天黑夜
从青春期的喉咙蜿蜒游出
我的怪叫形若您的静脉
带着您浓缩的生命轮回
来到您贪婪的心脏从新出发
我的怪叫在午夜时分
能救回濒死的空间
搂着梦的长颈
叙述凡人的失眠

玫瑰有没有

我问谁
我想问玫瑰有没有种子
那些灿烂耀眼的玫瑰
大都盛开在这个小镇的路边
阴影中挂满露珠的玫瑰
那些为了灿烂而哭泣的玫瑰
我问谁
我想骑着玫瑰的花朵
拜访我的朋友
我想告诉他们
玫瑰是怎样开放的
我还想从他们的眼神中
找到玫瑰的种子
把它带到另外的地方去

共同生活

我们自己解开衣扣
共同在这个夜晚
相互不用看见
就知道许多人也要睡觉了
我的心还挂念着
别家阳台上有没有晾晒衣物
人们翻身的时候
也没有觉醒
夜里刮起了大风
也许不能避免
衣物掉下楼去
有没有人帮着收捡
我只知道明天一早
人们都要上班
并且同时下班
只不过在有红绿灯的路口
有的要停下来等待
有的直接转了右弯

裸睡

我给许多人说过
裸睡就是睡觉时
要把白天的事情全部放下
再紧急重要的事情都要放下
我长期裸睡
许多人都不知道
主要因为
我的裸睡是隐避的
在我心中
老想把这爱好说给别人听
我给许多人说的时候
还会特别观察
听者的表情
脸红者一定也在裸睡
或者是有更多的遐想
今夜
好多人都跟我一样
裸睡着
直到天亮

恋爱过程

距离虽然像冰
只要气候温暖就能化解
一旦距离为零
灵魂就会互相穿越
彼此的身体
然后背向而行
渐行渐远
远到各自东西
远到峰回路转
远到穿上冰雪衣衫
远到回眸发现
相互陌生
距离无比遥远
这冰冻三尺的距离
绝非一日之寒

想和一个人视频

蜻蜓悬停于想念的水面
点一下
一下接一下地点
时光的波纹就圈住了水中的桃花
往事乱成涟漪
荡漾起来
一波接一波地退去
换一个悬停点
然后落脚在突兀的枝头
小歇片刻后起飞
飞过荒地
烟波缭绕之下
也许是未来的池塘
这里也可以悬停
因为往事正在蒸发

南海

与水下古瓷器毫无关系
与争议也没有关系
你坐过的那块石头还在风化
我记忆过的你那迷人的姿态
无论是阳光下还是黑夜里
都在剥离
以碎削的方式向尘埃迈进
我反复被外力回旋着
我能凭空吮吸来一阵烟雾
我的红二头肌外壁
被仪器试探了24小时
我知道该怎么放下心脏鼓动出来的数据
亲爱的南海
亲爱的中南海
亲爱的小南海
我会在你们的边际
风里来雨里去

夜半的朱砂

红在里面
深深的
红色的小刀片
使任何东西都
迎刃而解
我的无意相邀也一样
顷刻成为你的碎片
浑然一体的光
把我闪烁的身躯
大米般囊括
为什么总在啼血
传说的杜鹃
肥硕的春雨
神秘的朱砂
半夜的火焰

远离谷草

远离谷草的八月
比如展览馆或者春熙路
我总有许多电话要打
告诉谷草
成都阳光很好
阴天也都宽敞
山的那边
谷草随风起舞
总能听到我的风声
她不会忘却
死灰的下面
想念正在燃烧

按时醒来

我将骨子里的一段佳话
吐在一张过期的报纸上
那些变成旧闻的语句
因此湿润而模糊
在时间的窄缝间
睡眠像残疾的蝙蝠
引我入夜
鼾声到达遥远的南方
伞遮星罗棋布的池塘
对神秘的星云封袋打包
一个又一个的秋天过去
那些驶入池塘的落叶
是让我弥留的鲜红水鸟
我在弥留中喊着杨见的名字
凭这一声叫喊
我可以按时醒来

粗糙的手

劳动的时候
我戴着手套
我们把大块的青石板
从一个地方搬到另一个地方
我的手在手套里
避免接触石头
可手套还是磨破了
这时候我的手
也和大家的一样
一天比一天粗糙
手掌上的伤口
很难流出血来
我为此伤心了很久
我是为妻子而伤心的
伤心粗糙的手
对她的抚摸
她知道是劳动造成了这样的不良效果
所以得到了她的原谅

痛

刚开始的时候
一点痛就哭泣
纵向陷入痛的深渊
痛的质感十分光滑
痛的形状如蚂蚁群噬
在体感的表面
像农夫的种子
往核心里蹿根
特别是雨的种子
长着潮湿的须根
随下一个季节
席卷而来

火

热烈的血
红得像火
像花瓣
一层一层地翻开
花蕊要星火燎原
花朵的火势再大
人们都视而不见
不知不觉
火还在血液里曼延
火焰烧到每个人的头顶
人们手舞足蹈
很快自焚殆尽

关于哭的对话

哭过没有呢
为诗可没哭过
那为别样呢
当然哭过了
谁都哭过　我是说哭得凶不凶　大声哭过没有
那还没有　我克制住了
那就要哭一回　在深山老林里去号啕大哭
我当然想　而且恐怕也是急需的
在那里哭才有意义　哭才能真正被听见
喔　离我的生活太远了
我这样干过几回了　爽极了
当然　我能想象到
平常我们都太坚强　太快乐了
是的
哭就被完全遮蔽了
很对
所以要去哭几回　要让自己听见　要让天地万物
　都听见　要用哭声证实自己的存在
没这样的地方让我哭
去找　海的角落也不错　大海就是常哭不止的
　去和他一起哭吧

也是哈

你哭了给我说一声　我要检查哟　哈哈——

哈哈　我带上一个人和摄像机

那些会记忆和转动的橡胶和铁和塑料　不要它们听

听了就等于没哭了

想让你检查嘛

我能感觉到　任何多余的见证都是多余的

连你的哭声也是多余的

可惜我怕到时候哭不出来

哈哈——欲哭无泪就更要哭

唉　这个境界不容易达到啊

最好是用心哭　哭出血泪哈

恩

我明白你的意思

有几只鸟叫就够了　那也是你的哭声

了解

那些小虫子在鸟的嘴里　正在喂养你的哭声

呵呵　是啊

那些哭声像回家一样消逝了

回到一切胃里

唉　和你很愉快　可惜你明天就走了

开始了新的穴居

没有了　哭在哪里

我自己去找

我还会回来的

回到你的哭　回到鸟叫　和小虫子

我现在在哭

关于一首哭的诗已经写好了　牧啊

哈哈——

我在复制

好的

描红

我机械地劳作
在你苍白的场地里描红
我捣碎银铸的自己
存入库中的银粒
被行军蚁举在头顶
一波接一波地向你的场地挺进
你眼睛里伸出来千万只手
打开时间大幕上一切可能的门
红透的战士隐蔽在银灰色中
幸福膨胀的原野
此起彼伏的庞大部队
被你狭隘的主义包围
我看你手忙脚乱地完成歼灭时
每个角落都升起了鲜红的旗帜

和你合演的魔术

和你排坐在木椅上
你　听着
用你的眼睛盯住灯光
不要移开也不能放松
你看见光明了吗
看见了　继续听着
那光明来自何处
把这个问题放入大脑
让这个问题在大脑里浮动
应该做好了吧
那就继续　听着
看见几个发光体啦
是两个离得很近的发光体吗
那赶快闭上眼睛
伸出左脚开始前进
去拥挤吧
从那个泛滥着铁水一样光芒的甬道
拥挤进去
漫长的金色掌声响彻云霄
魔术就此结束

造访

我们不分季节地造访
果实累累的山野
任何一棵树下
任何一片草地
只要我们造访过
那里就会开出雪白的鲜花
那里就会鸟叫不止
每一片山野
都云游着我们的灵魂
每一棵树中
都挂满了我们痉挛的指纹
每一条溪流
每一片湖水
都荡漾着汗流浃背的音韵
银耳环
在过去的山野中
不只是闪烁
也不只是光鲜照人
她像外星来的飞碟
盘旋着血液里的神秘节奏
盘旋着人类的彷徨和呻吟

随时都在战斗

我们同时瞄准了春天
时刻都想扣动身上的扳机
我要和你共同战斗
歼灭我们的敌人
你睡在肥大的绿叶上
养精蓄锐
而我总是一头扎进花蕊
彻夜未眠
我们是实施突袭的战友
我们为弹壳横飞兴奋不已
我们绝不投降和叛变
我们不怕流血和牺牲
我们采用隐蔽战略
能躲过美国的侦察卫星
我们打胜仗的快乐
会跟着地球旋转
在太空永久飞行

哭泣的情人

她牵着精灵
走向荒野和河流
这世界哭声太多，你不懂
——叶芝《偷走的孩子》

狂乱的草在我眼中
阳光摇曳着绿草
盛糖的杯中风浪翻滚
整个下午我都预感到恐惧
我猜想今夜的风浪如何平息
希望树被连根拔起
狂乱的草泛滥过来
挥动情人的手
我的情人就是狂乱的草丛
她蕴藏着阳光的灼热
有一阵哭泣渐起
葱茏与干枯的秘密
曾悄悄写进我的日记
那片黑色的原野
串通我的过去和未来
叶芝的荒野和河流

美丽的草丛
她始终不懂
那里也有我在哭泣

第六辑

后现代森林

我要倾听丰富的鸟叫
我要参与不同鸟类的求爱仪式
我要像鸟一样推陈出新更换羽毛
我要以间谍的身份潜伏在树里
与鸟类打成一片

对爸爸的一次希望

有一个阶段
社会上的人说
我的爸爸不是人
是毒草
是一只泥鳅
还说他的所有一切
都和黑夜一样危险
我甚至也觉得他是危险的
他有一次把我往死里打
我妈骂他太黑了
当时的年纪
我觉得黑和危险就是一回事
凡是没有月光的夜晚
我就不敢出去
遇到漆黑的夜晚
我就怕得蒙头大睡
我怕爸爸等于怕黑
那时候我一点也不怕泥鳅
我特希望爸爸是一只泥鳅
我就可以用我的小手逮住他

与高原有关的印痕

我是高处的印痕
不，是装置在高处的零件
谁亲手粉饰了一垛墙
我是那里面的零件
高处的红松也是印痕（由来已久的）
由来已久的印痕是里面的兔子
兔子才是一个零件被安装在红松林里
不然怎么会在那里面密密麻麻地生长
从红松林里飞跑出来的是什么
哦！一只兔子，我们看见的只是一只兔子
撞在墙上了，那只兔子死了
被谁迅速地拿走了
弄死那只兔子的是外壳（一垛墙的粉饰）
那墙是父亲亲手粉饰的
是一捧石灰和水泥的硬度
足可以使一只兔子口鼻流血
我是父亲亲手隐蔽起来的印痕
那兔子是想撞死我吗？
它为什么穿过红松林一样撞击我的外壳
它其实没能穿过隐蔽起来的印痕
它还想继续活着（可是它死了）
从墙脚被拿走的

是把它拿到红松林里去？
还要把它安装在那里？
是的，再重新安装一次！

能让我半途而废的事物

能让睡眠半途而废
能让开怀半途而废
是高速的车辙旁没有呼吸的猫
能让前进半途而废
能让想念半途而废
是岁月相伴长大的乌鸦
能让挥手半途而废
能让仰视半途而废
是陶罐上横亘的青铜断剑
能让诉说半途而废
能让取出半途而废
是人类忘却了舔食的胎衣
能让否定半途而废
能让可能半途而废
是时间的痼疾里发芽的信仰或主义

我的恐吓力

没吃　不吃　绝食
肚子会抗议的
我打了它　它哪里敢抗议呢
其他器官会抗议的　他们的健康受影响了
也不敢　都怕我了　在发抖呢
喔　在提醒你要开始发作了
是被我的不屑一顾吓倒了
是吗　他们倒下了吗
有一种接近死亡的声音正在破壳而出
他们会犹豫　会受到阻碍吗
就要出来了　像粪坑里飞出的鸟
他们会带来什么
应该是他们要带走什么才对
我不会被他们带走　我要留下
那只鸟始终在粪坑里落脚
喔　留下来看一只只鸟起飞
也不　他们是成群结队地飞走的
你要做什么呢
想有一堆碎石　用来浇铸
一串阶梯　向上延伸的
无限吗
高过所有的草木了

还高过了大家的肉体
只是矮于我血流如注的日子
他们真的要倒下了　我很担心的
没有呵　外面有一种倾斜的力量透进窗户来
想让我保持有用的姿态
是我总不能左右的力量
有太阳出来那力量就特强烈
他好像多次指使我要卷起来
像树叶一样　不要太贴紧地面
那似乎是推迟腐烂的一个好办法
我指的是一种充满牺牲精神的腐烂
一切都被推迟后的世界我进不去呀！
我体会到无知与神秘的接近　甚至不可分
你能分辨
我用双手将它撕开

流水昨夜回放的镜头

汇聚在那里
激活时光里干枯的波浪
缓慢得几乎静止的跳动
鱼群是那里流动的骨头
与梦的山脉一路笑语欢歌
把固执的阻隔切割
不管来自哪个季节的伤口
都被无情地淘汰
连一块伤疤也不会保留
而游弋于脸上的航船
是一颗危险浓缩成的纽扣
但是如果跳跃到一个高度
解开游弋的纽扣
看见了大地怀中的蔚蓝
阳光下闪烁的丝绸
还有被困的山丘

手机没电是很糟糕的事

“现在我们的车队
正在经过党卧”
也许你没明白我在电话里说的什么
党卧或许是苗家人的一个寨子
类似的发音还有塔卧
两个词在汉语里令人费解
颠倒一下排列就变成了卧党和卧塔
这就不难懂了
可以用它来形容我们的车队
“我们的车队塔卧在盘山公路上”
这是往回赶的那天
车队在山羊岭时的情形
因手机没电
山羊岭上发生的事
才没有告诉你
至于你那时候发到我手机里的短信
我也没能打开
回家才知道
你问的是我好久回家
我就当面回答你
就是现在

腰残的香樟

静止在那里
没能顶住风险

四周的生命神速地折腰
以后的日子都倾斜着过
这是一棵香樟的孤独

风雨还会随时到达
一棵破裂而腰残的香樟
以倾斜的姿态蓬勃向上
年年飞过的鸟群
再没有停留在香樟的枝叶间
婉转鸣唱
是香樟倾斜的姿态
拒绝了鸟群的停下？
还是香樟腰残后的高度不足
影响了鸟群的起飞或降落

关于蚂蚁的比喻

没有树梢摇动
在眼前的下午
很久的雨天
拖沓地猥琐在屋檐
人们在水井前打水
此刻老师在教室里
讲关于蚂蚁的比喻
他彻头彻尾地说
一个蚂蚁军团
穿过公路
好比群众不遵守交通规则
是没有办法的事情
但是群众像蚂蚁那样横穿公路
是可以通过反复教学来改变的
如果一个蚂蚁军团
像我们的同学一样
爬上教学楼
它可能不会像同学们放学时
熙熙攘攘地离去
假如蚂蚁军团里的指挥官
像教学楼里的老师一样

那么蚂蚁也会像同学们那样
不管是不是晴朗的天气
都会一个班接一个班地离去

思考

像写散文一样
一段一段地接着
近来我老是想着某某花开过后
会有某某花接着开
还会思考某某花太靠近路边
有人伸手便会摘下一块花瓣
这不是花的问题
这个绝对是人的问题
要解决人的问题
困扰着我
每个春天都是如此

半夜下的雨

雨肯定要下的
可是我没有等到她的淋漓
那场深秋的雨
挨到半夜才下来
她的用意是不让任何人知道
她打湿了夜的神秘大幕
并穿透幕后所有的沉溺
她在每一个道口查看
所有鱼群被美梦追赶着
赤裸裸地出场
所有流浪的脚步
如何踢痛绊脚的石块
那些同在神秘幕后
又各不相干的美梦啊
深秋的雨滴像子弹将她们穿透
流出的体液在平静的房顶汇集
然后流进瓜地
流进深秋的鱼群
向冬天张开大嘴
一张一合的鳃遍山都是
这就是雨下在半夜的秘密

水上漂着的草茎

她在山顶生长
茵茵青草

她在上面舞蹈
像攀登者在终点
粗糙的喘息

我是一只水鸟
我飞不到那座山顶
在我的河里
拾得一株草茎

那些折断草茎的是谁
为什么不把她握进怀里
或者用她编织巢穴
要么折断青草的
他不是一只鸟
他才不用巢穴生儿育女

垃圾桶的助手

挺轻松的
站在旁边就对了
“往里面投吧　不管什么”
见人过来　就这样重复一次
铁做的别担心
小孩点燃了里面的
还可以就近烤火
装满了　不能沉默
改一下说词
“请你们稍等
五十米外还有一个”

世上有鱼

这河里看不见鱼
看见的
只有乌木
浮动在河面
鱼群游出古码头
鞋上　窗上　衣上
乡村的角落上
到处都有鱼的身影
自从鱼群跃出这河面
这里的每一位路人
心中从此不再宁静

电话还没有打开

下了好几天雨
连树叶也洗干净了
有一段街面
积了很深的雨水
垃圾变成了鸭子
这雨要是再下
街上的人也要变成鸭子
鸭子多了　街上的雨水
会变得又脏又臭
小镇的突然变化
要让离开小镇的人们知道
赶快拨通他们的电话
再隔一会儿
人就不是鸭子了
街上的鸭子就不是人了
人成鸭子毕竟是短暂的
事情变化了
就不好说了

彻底痛快

今夜的暴风雨已经停止
可我们所在的位置
还会风雨飘摇
我们虽有强大的定力
可是无奈的暴雨
还是会将我们溶化在夜里
因为面对强暴
脆弱一直潜伏在我们中间
蛙鼓齐鸣时我们心烦意乱
还不如再来一场风雨
让我们香消玉碎彻底痛快

经过拐角

每天都经过同一个拐角
都会听见同样的声音
那种有穿透力的声音里
就像谷仓里的金黄
黯然地期待着
身体里鸟叫四起
身体中活跃的那群麻雀
就在拐角处啼叫
尽管有些嘈杂
但只要能准确地
击中他们的脆弱
都能安全地
经过那个拐角

去看一个人

想去看一个人
此刻
肯定有数不清的人
也在想去看她
她在虚拟的时空里
没有一个想看她的人
进过她的家门
事实上
那个人沉默寡语
她不知自己在别人眼中
始终扮演着什么角色
也不知那么多人想去看她
她更不知
什么时候为谁打开房门

山顶的石人

歪歪倒倒
酒醉似的
现在
它是古希老人
表现出无论如何
还要活下去的坚定
这样比喻不够妥帖
更恰当的比喻是
它是人类的父亲
它在人类诞生之前
就已高高在上
见证了炎凉世态里
每一个人呱呱坠地时的
歌声

我看见天亮了

我见天亮了
鲜红的朝霞
是孩子们的梦想
可爱的孩子啊
如果朝霞不挂天上
我的天边就会云烟茫茫
如果火焰也是你们的梦想
知识就会对你们百炼成钢
孩子
我要亲眼看见你们用梦想的巨手
扇一计愚昧无知的耳光
天亮了
孩子们都起床吧
这世界需要你们读书朗朗

原因在于寒冷

父亲打来电话
天河酒楼火灾
闸桥上新来的候鸟
何小竹离开黔江
花园仍未植草
这些事件的发生
都因为四月下旬仍然寒冷
即便风雨连日
事物都没有好转
环顾四周
看见身旁的人们
还一副寒冷的样子
草如果已经植下
它会拒绝发芽
当然就不会生长
可是阳光很可能
火山一样从空中爆发出来
之前因为寒冷而复杂的事物
瞬间会被化为灰烬
单纯而简单的灰烬

7月4日的歌唱

连续四日
都在为寻找山歌而旅行
这已不流行山歌的岁月
人们不在纵树林旁耕织
现在的林子旁
连台的夜啤酒桌边
听不见悠扬的山歌隔山唱和
听见的是对酒的一片吆喝
树叶上的毛虫
在人们的头顶上空
蠕动一批叶片
落下一批黑色的粪粒
下雨啦咱们走吧
她指着掉在酒杯里的虫粪
我说美女这不是雨
不要以为我醉了
不要忽悠我吧
话音刚落
她即刻开始了哭泣
那样的哭泣里隐含着山歌的腔调
但缺失了动情的言说

我们和老木虫的饭局

我们的饭局从傍晚到十点钟
老木虫的饭局没日没夜没有止境
我们的饭局空调效果良好
灯光璀璨明亮
老木虫的饭局空间狭小
闷热无光
我们可以随时打接电话
老木虫没有电话
我们从墙上的门自由出入
老木虫却是无休无止地用餐和蜷缩
我们就餐时高谈阔论
老木虫不言不语孤独一生

打倒尿酸

尿酸是死亡的虾兵蟹将
在我根本就没有设防的时候
侵略了我的生命
像游骑兵对我突袭
我的左脚跟疼痛难忍
医生说那是尿酸占领的第一个高地
昔日的酒肉朋友啊
都来救援我吧
我还有无限的颂歌没有写成
我需要你们众志成城
彻底挫败尿酸这个反革命集团
让我们在150岁的南天门前
双手合十朝拜生命

对一棵兰草的意外

院子里那棵小兰草
一棵杜鹃庇护了他数年
杜鹃年年开花
阳光和雨露泄漏少许
就凭这些许光
兰草接着开花
平静而又安闲地
缄默地在院子里飘着幽香
尽管我对院子知深知底
但对兰草那种香的方式
还是感到不时的意外

走了

午夜的噪声持续着
一只老扳手
困在修理厂里
脱掉一层又一层表皮
直到铜黄呈现
老师傅不想带走他
纳闷的是
这到的是一种什么样的实验
是老板实验了岁月
还是岁月实验了师傅
扳手现在油光照人
在我看来A和B的搭配中
A走了

岔路

很多时候
我都是在正午时刻
经过
几棵小叶香樟
有摇曳
有静止
但几乎都有鸟叫
要飘入我的意识
悠扬地回旋
而我却只能
一次又一次地匆匆离去
终止在一条又一条岔路的尽头

却步不前的我

这个夏天里的我
就像某一棵缺水的树枝上
泛黄的叶片
跌着跟斗
掉到你的眼前
一条黄狗跑过
掀起的风撩动了
我向前的欲望
可是
地上那一丁点起伏
就拦下了我
我还是却步不前

读米修

墙边安放了一张发黑的藤椅
我坐在上面
读怪杰米修的诗
法国人说他怪头怪脑
三十年才变得像个法国诗人
在他的某一首诗里
我煮熟米饭
高压锅仍在嗞嗞作响
安全阀高速地旋转
我离开发黑的藤椅
“在伤痛和黑念头之处”
“插入无限的狂热”

晚上的景物

经常在晚上才回家
回家时的景物
已发生变化
对面开过来的汽车
看不到它的形状
眼睛躲不开汽车的强光
汽车开过去了
就看不清任何的景物
连山顶的树也看不见
但我能想起很多的景物
连云南山脊上的公路
也想起来了
很厚的红土、矮松、萝卜花、蜂箱
等等更多的景物
都能想起来
而眼前确实什么也没有

在傍晚喝酒

这里是一个斜坡
生长了茂密的树林
但我只认得桉树
但这树林里听不到鸟叫
朋友们在这些树下喝酒
有人问这树上怎么没鸟
同时有人提议大家喝一杯酒
大家一齐举起了酒杯
我看见了树林那边的厨房
一少女从厨房那边过来
给每人都倒一杯酒
接着又回到了厨房
就在这个时候
有人又问这个树林里
怎么没有一只鸟
那个穿红衣的少女
正从厨房过来
她打开挂在树林里的灯饰
天完全黑下来了
问鸟的人高高地举起酒杯
慢慢移到嘴边
少顷他的唇边
便传出来一声鸟叫

有一种心情

路过柿子树下的时候
春天刚刚开始
我是无意中路过的
这棵古老的柿树下
平常极少有人路过
在树下的那种心情
说出来你会费解
许多人都听过对那种心情的描述
都用同一种目光表达他们听后的感觉
都不发一言
那种心情残存在我的情感里
只要遇上柿树
便会涌进血液凝结
但我敢肯定
谁都有一种心情
不能用语言说清
我一直想说明的
就是说不清的心情

新菜

就把那种鱼叫《石匠鱼》
是显昌还是昆明这样说的
我已记不准了
这道菜将在道阁堂出售
你要相信其它的餐厅
绝对没有此菜
《石匠鱼》
是道阁堂的主人发明的
道阁堂的主人是老石匠
《石匠鱼》由此得来

喝凉水

夏天的中午
嘴唇因渴而干裂
喝水很见效
喝凉水更见效
傍晚回家的路上
从背后看见女人的屁股
心中的感觉
和中午喝凉水一样
但还有更多的想法
一个接一个地在脑海闪过
最后一个想法是
妻子的微笑
新换的床单
和爆线的被套

电话

到了中午
我突然想起一串号码
它代表一个人的电话
这个中午下了小雨
许多人都感到寒冷
和我在一起的人
都走了
我打算不走的时候
一个电话号码
从手机的屏幕里显现出来
我突然想起了
那个号码是谁的
这是我最不愿想更不愿接的电话
它会令我更加寒冷
先前走了的人
逐渐回来
他们有的加穿了衣裤
他们不言及下午的寒冷
可在我看来
下午比上午更加寒冷
下午的电话
我不可预料

有一点可以肯定
整个下午
就是小雨停下了
太阳也不会升起

桥上

这桥上
有很多人
正在通过
有人面对面相遇
却不言不语
我在桥上
我说："真多"
我看见花花绿绿的人群
从桥上过的时候
我感觉这桥"真好"
要是没这桥
人们就得从河里过
那样会更好
花花绿绿的人们
倒映在河水里
一个变成了两个

数码

比如5034
这个数列的内涵比较复杂
它是5、0、3、4的巧妙组合
它有春天的开放
也有黄昏的堕落
有一些困扰
一些破裂
也有缠绵如麻
振聋发聩的呻吟

被欲望消融的云朵
还能以符号的方式存在吗
这些数码实在弯曲不堪
这种约定的弯曲
到底存在多久
是否应把约定和弯曲
对应在生活的某一区间
当作一种零件
在生活中安装和拆换

把5034
用数学或算术的法则

反复演算
算出痛苦与快乐
仇恨和悲哀
算尽白天黑夜
南北东西
把东方算成庞然大物
把美军的航母算沉
把整个美国算成零
把菲律宾和小日本算成隐形

5034是许多砖块
它让好人住进别墅
坏人身陷囹圄

5034是2014年4月17日
某宾馆的404号房间
一个神奇动人的故事
正在发生
那个故事的主角
妄图活到5034岁

不欢而散

一丝风
一段距离
一垛墙
一座房屋
一扇窗
5和9
2　3　4中的气息
在A和B之间流通
A和B发生过粘连
A和B曾经互换
A和B互殴致死
A和B距离归零
墙和窗不时洞穿
A和B遭到强拆
5和9
2　3　4不欢而散

我吃下桌上的水果

我还有果树的味道
在天黑以前我告别了果园
在天黑以前我已坐在桌边
我思考水果的来历

吃掉那桌上的水果
最后将水果的影子擦去
将天黑以前零乱的影子都擦去
虽然在手上还有斑驳的痕迹
但最后的手巾上什么也没有
那条手巾还会继续使用

多少人都使用过它
都用它擦去过水果的影子

今天我吃下桌上的水果
还会去购买相同的手巾
仍在天黑以前回到桌边
继续吃下水果
此刻什么也没有看见
也没有新的发现

五种声音

黑夜里
我站着的时候
头上是天脚下是地
我这样判断
我这样倾听
黑暗中的声音
我头上的雨
一直在往下掉
我脚下的路
一直在向前延伸
我前方的古树
一直没有变化
我身后的死亡
一直推我前进
我离开厕所时
拧开冲水开关
这五种声音同时混响
我能将它们一一分辨

我的双手鸟一样飞走
树在阴影中不倒
光阴晃来晃去（组诗）

A区：

我的祖国
遍地是棉花一样的石头
冰冷而尖锐的温柔
侵略我的情感我要
——飞翔

怎么得了
树在飞翔
钉子蜜蜂一样
树干百孔千疮
甜蜜的眼泪
包裹着沉重与忧伤
痛苦把岩浆拉出地壳
冬季在热烈中缓缓出场
飞翔的树被雪花捆绑
汗流浃背的挣扎
风的教唆
光的关照
飞翔的反抗
怎么得了

这是归去何方

A方：
我的家族
全在黑夜梦想
儿孙颠倒黑白
他们代代
——生长

钢刀在生长
婴儿在死亡
钢铁在生灵中狂叫
旺盛的生长
在废墟中闪光
八十个生日
拖沓地灭亡
美丽的悲凉
雷电是雨夜的惊喜
房屋对人类撒谎
玉米居心叵测
泉水就是荒凉
婴儿背负着死亡
穿越在遥远的天际
看不出丁点懊悔
他的神采奕奕
践踏着疲惫与空虚
钢铁在大发慈悲

面对这孤傲的人类
太阳一再地努力
留不住完整的黑夜

A位：
我的前路
处处绝壁万丈
不见登天的云梯
殁于万丈深渊我爬进
——悬棺

曾经活跃的生命
躲进石穴
企图用历史的手段骗人
野花年复一年
鲜艳地嘲笑
生命的骨架到如今
残缺不全
它的笑话像酸涩的野葡萄
结在石壁上
从残忍的秋天滑落
唯有山鼠把它拖进洞穴
陪着一串串发霉的故事
苦度那些漫长的冬天

A景：

我的母亲
爱情若玉米须绺
固守的花粉大都掉在地上
无怨无悔的罪恶
——野风

肖邦滚开的日子
涌动的激流作了寿衣
优秀的牧人销声匿迹
恬静的乡村喧嚣了
牛栏是少女们打开的
湖泊沸腾
少女们开始沐浴
她们在玩弄但丁
被套进了《神曲》的圈层
她们用无知的烈火
点燃地狱点燃了内衣
熊熊大火在炼狱熄灭
天堂因死亡而宁静
牧马总在原野狂奔
想象中雨却像武器
被野风投向这大地

A时：

我的声音
是朽木中的蛀虫

穿透这世界的时刻
我道出 一串
——鬼话

还在想什么哇
木屑在刀下飞溅
指甲上滑来滑去的
是怎样一种丝丝痛楚
零点的光芒下
还有臆想正在传达
倾听明明白白的梦话
说的是夏夜那烈火与奸诈
杀人的夕阳
一张张幸福的面孔却在挣扎
浅浅的微笑
深埋的车祸
正被山洪暴露和洗刷
呈现这锈迹斑斑的故事
一切好像如诗如画
无话可说的嘴唇
藏不住往昔的青面獠牙
动人的甜言蜜语
腐变成叨叨不绝的鬼话

A事：
我的思想
被采撷的青枝绿叶

枯谢在无形的花瓶里
我无奈地倾倒着火的
——花期

要不是多了芳香
花朵只不过是破碎的组合
面对支离破碎的意义
蝴蝶绝不仅仅是淘气
坚强的意志与钟爱
苦难的吹打和挑衅
鸡飞蛋打的结局里
一百个花期相连着百次枯谢
千万种鲜艳
改不变晦暗的死期
生生息息不如愿以偿
燃烧的河流奔流不息
淌过火焰的河湾
穿不过遍地琥珀的森林
只要黎明和黄昏
合手困住太阳
这个千古不变的错误仍在继续
上不粘天下不连地的花开
必将永远地重复
凄　风　苦　雨

部落遗址

——献给我的朋友们

中午我路过
一座森林
一条路经过森林的边缘
连接着远方的海
从海边回家
或是从家到海边去
正好
在那座森林小歇
森林中树木种类繁多
密集，高大的树间枝杈交织
近地的灌木和草丛
被踏出九曲回肠的路径
穿行其间
疲惫的旅行
躺在其间的
树下的草上
回味襁褓的温馨
偶有的群鸟合唱
令我不要贪婪睡眠
我把握精力上路
趴在林中的泉眼旁喝足
把储水罐灌个大半饱

这是森林的告别或送别
腰间的泉水配合我
跌宕的脚步叮叮咚咚
给我一种音乐中睡眠的
休闲和轻松
几年不变的森林
和几年不变的我
到海边的时辰
和我不变的归家的路途
我的中午美丽地
像始祖鸟化石
或者是皇妃的古代肖像
被我骄傲地陈列
在我生命的最深处
那个容量有限的博物馆
以至我怀着那份骄傲
面对万象人间
像腰间揣着原子弹
赤裸的勇士
把英雄主义用
各种刀法切成丰富的菜谱
把梦想的枸杞
放在白酒和各种饮料中
在大方桌的边缘组织
盛大的宴席
我的始祖鸟和皇妃
搂抚我入睡
在漫天的月光下

或者无边的酒瓶中
剥出我的梦想
将我的夜晚点亮
这次快到傍晚了
还是出家要去海边
远远地……
远远地向往着森林
跌伤的我
多希望像中午一样
腿上的血污
夜一样黑
伤口流着裹尸布外
死亡的黄水
我踏进那正值夜晚的森林
我的草丛
我的山泉
我的群鸟
我那棵棵挺拔的树
因为夜晚的我
全都无影无踪了
模糊的回肠路径
酷似我腿上血污下的伤痕
林中路径的秘密
就像当时我发现
爬壁虎（一种藤蔓植物）在
围墙上诡秘地疯长
蔓过我东开的窗口
路径是网状的吸管

铺向林子外边
未知的夜里的世界
数枚吸头吸我的大腿
空中枯枝作响
树皮干裂作响
风过瑟瑟作响
这分明是意外的苍凉
是夜里的衰竭
更是抽水机在轰鸣
我的骄傲和勇气
通过吸管流出林子
我的始祖鸟
飞走在我跌倒的瞬间
我在这森林的遗址上
听见它化石的歌声
我用皇妃给我的休书
雕刻花岗岩
这座文物标志碑
塑立在森林遗址的黎明
我一步一回头地离去
我得去赶路
去海边还很远
哦！我那遥远的眷恋
是否也真的无垠无边

穿越森林（组诗）

溪的方向

这里是森林的水沟
就在这里停下来
和同伴喝烧酒
为了继续在水沟里逆行
我们走完一条水沟
就会到达一座山顶
从山顶再次出发
是我们要继续的事情
找到另一条水沟
到达另一座山顶
明天我们还得重复
昨天一样的旅行
逆行一条水沟
去到又一座山顶
继续在森林的水沟里
坐下来喝我们的烧酒
我们必须如此前进
才能走出
迷宫一样的森林

叶片上的蝌蚪

森林里的蝌蚪
游动在叶片的上面
即使叶片垂落下来
蝌蚪仍在上面游动
这是叶片在森林里的
另一层含义
蝌蚪在叶片上的生活
波澜起伏
充满危险和艰辛
每当看见叶片落下
我都特别紧张而又担心
多么希望叶片
飘进我心中的田园
让蝌蚪的生活风调雨顺

森林的圈套

我只在森林里见到
这样层层叠叠
纷乱而交错的木窗
我看见我的同伴
在这样的木窗中川流不息
他们一会儿被肢解
一会儿又被复原
支离破碎的同伴

七上八下地在窗前魔变
这些树的下半部结成的窗户
在森林的内部四处洞开
有的装饰着大叶杜鹃
有的穿过细流如姑娘的飘带
有的窗棂正在腐朽
有的窗前是滑倒我们的石头
这些木窗简直就是林中地狱
看不见山羊的舞蹈
也听不见大鸟的歌唱
这里枯燥乏味
四处都是森林的连环圈套

卡进树杈的落叶

和往事一样枯黄的叶子
卡在腐烂的树枝上
我在叶片上双脚虚晃
意外滑倒
一些叶子围在我的四周
在辛味的风中哗哗鼓掌
我却眼前漆黑
一声延时的惊叫
像一群往事的饿鬼
哗哗地唱起高亢的歌谣
树木排起长队
想看我接下来的表演
我得张开双眼

躬腰谢幕

后现代森林

这座森林不管多么的庞大
也摆脱不了中国的所有权
它是中国的一个局部
在这座森林里
有众多无可认知的草木
这些草木枝繁叶茂
同享阳光
风姿和谐

这些草木盘根错节
扎根瘠土
这些草木在地下标注领地
扩充地盘逼死异己
这些草木伸展枝丫
一手遮天
让麾下的草木
暗无天日
这些草木却能共同抵御偷伐者
共同抗击飞虫和瘟疫
这些草木俯视山洪不悲不泣
这些草木间的矛盾冲突
混乱与秩序
构成了铺天盖地的后现代精神

我要在古树上筑巢

看见生动的树木
就想从木屋里出走
老木屋歪歪斜斜
终要倒塌
让我长久不安
眼前古树参天
生机盎然
我要皈依森林
我要从现在安睡
直到年代久远
我要倾听丰富的鸟叫
我要参与不同鸟类的求爱仪式
我要像鸟一样推陈出新更换羽毛
我要以间谍的身份潜伏在树里
与鸟类打成一片
我要变成鸟类的化身
在森林里喧嚣
我要在森林里觅食
我要在古树上筑巢

跋

绘画对我写作的影响很多，重要的有二。其一，早年习画时，素描阶段从静物到头骨到人像人体，对于时处青少年、浮躁不安的我来说，是一次重要的、换血式的急救，记得我在酒神石膏面前坐下，一画就是七十多个小时，我度过了枯燥寂寞关和体能抗衡关。磨炼中获得了对事物结构入木三分的抵达，用细腻的笔触刻画出苍白的石膏表面背后，酒神风姿绰约的精神世界。绘画是让我打磨轮廓、去掉矫情与狂妄、彻底安静的最及时最有效的手段。其二，凡·高在阿尔勒小镇的生命激情和对自己绘画的朴素情感深深地震撼着我，刚进艺术之学堂的我就开始崇拜：一个灵魂与艺术纯净地，你中有我、我中有你的情缘。上世纪80年代末，由于认识了许多当时十分活跃的诗人朋友，便弃画写诗。投入并狂热地写到了今天。

本集收入的这些诗歌，从不曾与他人见过面，但它们却像我放牧在天空中的羊群，时刻地陪伴着我，它们的饥饿和寒冷、亢奋与忧伤都与我息息相关，骨肉相连。

我把自己的写作比作精神世界里不断发生的灵异事件。

有时候我的灵魂会对我游刃有余地肢解，有时候去肢解别的灵魂，有时候用隐秘的生活元素揭示潮湿或阴暗，有时候在焦渴和炙烤中隐忍或欢歌。更多的时候，我的写作像圣洁的影子一样，带着我对过去生活的重建与感知和对未来生活的着迷与幻想。

上世纪60年代中期出生的人，颠倒、混乱、集体无意识、剧烈的矛盾冲突，伴随着极度的饥寒和阶级斗争的恐惧，使得这一代人较长时间处在悲情和幻灭为主体的情感中，我便是其中之一平民，这便使得我的写作具有强烈的那种平民色彩。刁钻的思维向度和平实的诗歌语言，希望给读者带来的是外部的松弛和内在的紧张。诗歌松动、混融的构成中蕴含着剧烈的矛盾冲突，希望这一印象的游离的色彩法则，能构成我诗歌的美术力度。

我从小在乡村一天不离地生活到18岁，后一直生活和工作在山区小镇上。作为老少边穷地区的乡村里，热爱学习和生活的儿子，既酷爱那里的清新自然、悠闲松散、随意自由的美好的外在生活，又对那里物质的匮乏、精神的单调、未来的茫然的内在严酷感到紧张和恐惧。所以我的诗歌世界就是广阔的乡村世界，如果阅读这本诗集的人们，还能读出些生活在乡村的人特有的物质和精神上觉察到的维度，我就应该为我在诗歌写作时，对诗歌艺术上的探索和对诗歌内容上的现实感，努力协调统一的尝试感到些许欣慰。

杨见

2014年5月18日于黔江

图书在版编目（CIP）数据

三只雁飞过 / 杨见 著. -- 北京 : 作家出版社，2014. 12
（重庆市少数民族作家精品丛书）
ISBN 978-7-5063-7705-8

Ⅰ. ①三… Ⅱ. ①杨… Ⅲ. ①诗集 - 中国 - 当代
Ⅳ. ①I227

中国版本图书馆CIP数据核字（2014）第293700号

三只雁飞过

作　　者：杨　见
责任编辑：袁艺方
装帧设计：丁奔亮
出版发行：作家出版社
社　　址：北京农展馆南里10号　　邮　　编：100125
电话传真：86-10-65930756（出版发行部）
86-10-65004079（总编室）
86-10-65015116（邮购部）
E-mail:zuojia@zuojia.net.cn
http://www.haozuojia.com（作家在线）
印　　刷：三河市北燕印装有限公司
成品尺寸：152×230
字　　数：200千字
印　　张：16
版　　次：2014年12月第1版
印　　次：2014年12月第1次印刷
ISBN 978-7-5063-7705-8
定　　价：30.00元